芸芸眾生。

郭軍林 著

自序

這本作品選集是多年來作品的回顧，最早的成稿於近二十年前，當時我還是個中年人，早晚為二手書買賣而奔波。如今，不做這種生意久了，心情比較淡然。

回想過去，那時候，我的生活單調，日復一日地騎單車去找買家，生意成了，覺得生命是一個奇蹟，但是無法否認的是，我的眼光趕不上電腦時代的需求，常常被市場的走向打敗。

曾經有人問我，「中年人為何不找一份正式的工作，卻願意做此類收入微薄的工作呢？」

對方的意思不言自明，將我的出路一語道破，應該另覓「兼職」，改善生活。我沒想到這句話，竟然改變了我，使我既慚愧又高興。

二手書買賣賺錢有限，可以從長考量，一旦投入，不知要耽誤多少生計，這和眼光有關，稍不小心，勞民傷財。如果兼個差，貼補不足，又何至於為錢而煩惱呢？

幾乎日日與二手書買賣為伍的我，終於在生活上改變自己，閒來閱讀二手書，進修之外，嘗試學習寫作。

於是，作品一篇一篇地出爐。原來以為沒有生活體驗，寫不出什麼作品，總想著有了上一篇，就難以續筆，不料有限的素材，給了我大量的寫作空間。讀了小說家黃春明的作品《看海的日子》以後，有感於女主角妓女白梅的身世可憐，趕緊到福音街的查某間閒逛。我來到那裡，眼前的一切給予我文思泉湧，氣氛是熟悉且動人，結果是搭訕的查某，神色煞是動人。一張張花容月貌，既淡妝又濃抹，讓我的思緒隨之起舞。可憐的身世一時間都叫人給忘了，我彷彿只想到查某的親切，和她們對人客的熱情。

作品能成篇，題材涉及到親情、友情、讀後感……等，也是因為如此。我寫了這些文字，縱觀表面的場景，我不刻意去凸顯什麼，眼見為實，反映我一吋吋地觀察周遭的世界，內心沒有任何的幻覺。我私底下以為，這樣做是合適的，捨此而不為，如此做不能給作品增色什麼，更有可能的是，或許使人會有「畫蛇添足」的感想。

不可否認地，過去的生活因而留下了許多片段，其中講的就是芸芸眾生，歲月無情。這個世界我是這般想，不想去追問為何轉動地如此快，只緣身在寫作中，就給自己一個「知足」，笑看「蹉跎」二字吧！

以一個做二手書買賣的人來說，因為有「兼職」的想法，我走出了狹窄的世界，願意去正視現實的世界。隨著寫作日久，我對人情世故有了更廣袤的視野，想看到的，或不忍觸及的，我也耳聞目睹過，談人生也不再是像從前一樣地糊裡糊塗了。

目錄

《人間福報》副刊

趙大哥的菜園

趙大哥是我的鄰居，住在我家斜對面。在他家的車庫後面有一畦空地，是種菜的地方。

這塊不算大，約莫十來坪的所在，他以前空著沒用好一陣子，以後開始整地，闢為菜園。趙大哥一家人雅好園藝，住的房子不大，但是內外布置潔淨，尤其是後院。院子有一個瓜架，小黃瓜或絲瓜常見結實豐盈，而瓜藤沿著棚架，爬上了屋簷。成熟的瓜果一個個垂掛在架子上，陪襯那長藤綠葉，真有說不出的閒適。

澆水、除草這一類的工作，落在趙姐姐的身上。她身為別人家的媳婦，並沒有忘卻父母的養育之恩。兩、三天一回，她趁探親長輩的時候，撥空整理菜園。趙大哥在外經商，平時趕不回來，菜園的事只能擱在心上，逢年過節，菜園就會準時地出現兄妹倆的影子。

除了他們倆，難得露面的趙媽媽也拄起拐杖，覷起老花眼看著兒女整理菜園。她沒有《紅樓夢》裡劉姥姥逛大觀園的好奇，心情反倒是心滿意足，不時地插嘴問起兒女的起居。生活不虞匱乏的趙媽媽，當初有老伴陪著種菜，享受鶼鰈情深的生活。

等到趙爸爸走了，老人家的年事已高，守著菜園幹活的事，慢慢地交給下一代了。菜園依舊，平凡的日子依舊，沒有誰讓菜園荒廢，任由歲月匆匆過去。

菜園是一塊水利地，由趙家承租。原本雜草叢生，經過整地、除草和播種，豐采天成，處處顯得充滿生機。不要說春耕夏耘或秋收冬藏，這些詞彙太清越，多少隱含著附庸風雅。趙家其實是在感受生命，親吻泥土的脈動。

詩人紀伯倫（Kahlil Gibran）說：「願你們能靠大地的芬芳活命，像附生植物藉組線存活。」每樣蔬菜的生長過程，矗立著希望；一雙手勤於耕作，生機便毫無掩飾地呈於趙家人的眼前。一脈青青，正是接近菜園後的清醒與自知。

比起鄰居來，菜園帶點古樸意味。家家戶戶的後院堆放交通工具，莊嚴得那麼現代化，連形象、色彩的世界都是機械的聲音。如果說這代表驕傲，那也應該是追求物欲的結果。人類的前景絕對不僅僅如此，美麗而活潑的生命四處皆是。菜園中的生命步步前進，時時在創造。

經過鋪陳一番，他們分別種下如空心菜、小白菜、芥藍和蕃茄等，依四季節氣不同，總也開花結果了。最低限度的開發，化貧瘠為豐盛。樸素中透著生機，菜園教人用虔誠的心去愛惜生命。抖落辦公室的電子化，種菜卻也帶有幾分農家野趣。

牆邊的修竹露出後院，蒼翠可人，形成片片濃蔭。如果碰上小雨初歇的時候，路過這兒，便會見到雨滴停在竹子上的嬌媚；「蒼翠欲滴」這些文字的由來，可能是在情境中發掘得到的。

每個舊曆年，趙大哥一家人會現身在菜園。他領著兒女耙地除草，種菜所獲得的生活體認，是最大的意外收穫。在菜園裡，孩子的甜蜜在趙大哥的臉上綻放，他們認真地學習愛，學習活著。小小的菜苗是生命奇蹟，贏得所有人的讚嘆。

靜靜的旱溪位於菜園的後側，在台中市梅亭柳橋邊。幾張休憩的木椅上，偶然有戀愛中的男女出現。他們心曠神怡地坐著，享受寧靜的氛圍。對他們來說，寧靜是周遭最美的聲音，兩人超脫靈性的氣質和綠竹搖曳的情調十分契合。

如果黃昏時分來這裡走一走，陣陣飯香和菜香撲鼻而來，城裡人用餐時間早，趙大哥家也不例外。香味從飯廳向菜園蔓延開來，氣味附有各類菜的特質，輕輕一嗅立刻可以猜出菜的形狀和色澤。這個時候，天邊的彩霞，傍晚的和風，都成了家人的密友。歸鳥已遠去，羽翼沾滿菜根的眷戀。

皓月當空，一家人睡得好香好甜。空心菜、小白菜、番茄和芥藍、黃瓜也闔上雙眼，它們沉睡在濃濃的竹蔭裡；成長仍是緩步地進行，大地收拾起熱度，在沁涼中靜悄悄地躺著。

驀地裡，一聲貓咪的叫聲自菜園傳來，原來牠已看上這兒。所有的菜與修竹因這個菜園而歡笑，貓因菜園而來，也享受歡笑的氣氛。晚間疲憊的生命休養生息，第二天清晨，陽光冉冉升空，趙大哥的菜園，又吻著悠悠的雲朵。

2011.07.29

公園那棵榕樹下

每次經過鄰近台中市公園的中興堂時，我總是腳步放緩，留心前面的噴水柱。水柱時高時低地，有節奏的表演水舞。這場舞蹈吸引不少人圍觀，我是其中的一個。水珠由低向高，我的心情也隨著攀升，往下降，難免有些失落。就是水柱起落的地點，勾起我塵封的往事，那兒曾經發生一段故事，像水珠般地有高有低。

小時候，大約在近五十年前，中興堂還未設立，那兒是公園後門，爸爸在後門外邊的一家路邊攤替人幫傭。攤位旁是棵大榕樹，平時遊客會來攤位吃點麵食。

我雖不算客人，憑著是爸爸的小兒子，我常常下課後，自己一人找爸爸去。家裡沒有媽媽在，我如果想見她，只有半個月一次，讓爸爸帶我去醫院看媽媽。家裡比較清冷，我待不住，麵攤有爸爸在，小腳總是飛也似地溜到那裡。

客人少的時候，我會大方地坐在位子上，小腳特別有勁，墊起腳尖跨上椅子。這時候，榕樹的葉子偶爾會飄在桌上。我抬頭望著榕樹，茂密的大樹如同一位巨人，它高大無比。攤位靠著它，遮陽擋雨，夏日陽光熾熱時，若有陣陣微風吹來，榕樹的樹葉會發出沙沙聲，像把扇子輕搖，除去一身的燥熱。

爸爸端來一碗麵，叫我吃。我含笑地點頭，說聲謝謝。爸爸問我，「功課寫完了嗎？」我又點點頭。老師交代的作業我還沒寫，擔心屋子空蕩蕩，我特別跑出來。我喜歡看爸爸，他的身邊的大榕樹更吸引我的注意。小時個頭嬌小，榕樹的大已算是比登天還難。

記得電影《月宮寶盒》播映時，影片中從海邊漂流的神瓶變出來的巨人，為了報答男主角阿布的恩情，滿足他的三個要求。眼前這棵大榕樹好比是那個巨人，它保佑麵攤和爸爸，並且賜給我吃免費的麵。巨人滿足男主角三個願望，榕樹比它厲害的多，每天讓爸爸滿足我的願望。

以後，作業被我時常遺忘，榕樹的巨大影子反而一天天地在我的內心擴充。在榕樹下吃麵，爸爸又陪在我身邊，頓時覺得好威風。我不再擔心什麼，一切都是託榕樹的幫助。面會榕樹，整天是開開心心地。

當客人滿座時，我的願望暫時要延後了。只見熱麵湯盛出來的麵熱氣騰騰，爸爸在老闆身邊切滷味，老闆的臉如同罩在晨霧中，顯得有些朦朧。榕樹的巨大在煙霧裡像是真的從「神瓶」幻化出來，端坐在顧客面前，滿足客人吃的食欲。

我在榕樹的另一邊，邊想著神瓶的魔力，邊用小手在地上畫起瓶子來。先是瓶身要有圓肚子，如懷孕的母親；接著是外貌，畫個人類鼻子的形狀；最後是木塞，要描出古早時酒瓶頂端的蓋子。畫完全圖，再看顧客吃得盡興的樣子，一顆心雀躍地幾乎要跳出來。

那天夜裡，爸爸臨睡前，又問我一句話，「你在榕樹旁都畫些什麼？」我連忙說：「神瓶。」神瓶？廟裡就有，幹嘛要在地上畫。我說，不一樣。等他搞清楚是影片中的神瓶，我已漸漸入睡。爸爸沒問我作業，卻一逕繞著神瓶打轉，莫非他也想起了什麼？

爸爸是行伍出身，以前隨部隊轉戰南北時，經過一些寺廟。廟裡擺著神瓶，裡面盛水，插著柳枝，寒天凍地的那一刻，爸爸睡在廟裡，慈悲為懷的觀世音菩薩聖像看著世間眾生相，祂也看到了爸爸。砲聲隆隆，廟宇也是轟隆轟隆，爸爸心裡一陣悲戚，能在廟裡清修多好，省卻人間的紛紛擾擾。

他的家留下奶奶、爺爺，無法跟著爸爸。離開的時候，年輕才二十歲上下的人，眼睛的淚水滂沱大雨地沒完，看得老人家的鼻頭一酸，用暴出青筋的手擦拭點點老淚。一步一回頭，走在鄉間的小路上。一別多少時間過去，砲聲占去其中好大的一部分，從此家人分隔海峽兩岸。

榕樹下的爸爸工作就是切菜、端麵和洗碗、掃地，這些事給他做，很快便輕易上路。原本是接受媽媽做飯的他，自從太太病得非住院不可，習慣當老太爺的他只好當起「家庭煮夫」，一肩挑下四個孩子的照料責任。「爸爸，爸爸……」的聲音灌滿整個屋子，吵得好不熱鬧。

我與哥、姐和妹不同，他們跟鄰居孩子玩打陀螺、打彈珠和跳房子，我下課書包一丟，直奔爸爸的懷抱。媽媽往日在家，我常黏著她，晚飯後躺在她的腿上，聽她敘述娘家的故事。她說著自己小時候的故事，往往無意間透露她與爸爸初相逢的趣聞。「我跟你說，孩子，以前你爸爸騎馬和部隊進駐我們家鄉鎮上時，我躲在家門口旁的榕樹下偷看，誰知道一看就牽手一輩子。」

說得也是，我的誕生見證了他倆的愛情。榕樹下的媽媽那年才二十四歲，擔任小學老師。我聽講她說故事時，人事、時空都改變，當時的她年齡近三十五歲，身分是少婦了。古早人有人說「少女情懷總是詩」，媽媽雖是嫁作軍人婦，情懷仍停留在相識的初衷。

榕樹牽出一段姻緣，如今又帶來爸爸的工作。榕樹和吾家的命運實在太密切了，爸爸會選擇棲息在榕樹旁，多少含有不忘昔日的榕樹情吧！媽媽的住院不是家人願意看到的，她離開家，但始終縈迴家人的心田。半個月一次的相見，彌補母子之間的親情。我們需要她，她更需要我們這些孩子。

公園那棵榕樹下，我每日前往，看著爸爸洗碗和端麵，我的心願已經接近完成。如果媽媽早日出院，與我一同前來，吃碗麵和滷味，細細咀嚼榕樹下的人生，吾家才真的是完整的家。回味總是回到當初，驚鴻一瞥，又何須計較以後的千般苦呢？

住院滿三年後，媽媽終於返家與我們相聚。爸爸也離開榕樹旁的麵攤，接受代看法官的家的新工作。我們一家人依然省吃儉用，過著清苦的日子。我們之中沒有一個人嫌苦，因為大家的心裡早已種植了一棵榕樹。

2013.5.16

光陰組曲——綠繡眼

喜歡和綠繡眼親近，不是一天的事了。從牠的眼神裡，我彷彿又看到童年的歲月——那些揮之不去的日子。我嗅到離愁的氣息，感覺人生如此的短暫，稍縱已不見。但燃燒在我內心的眷戀，卻從未消除，我耳聞的不是鳥鳴，卻是光陰的組曲。

每逢周日，社區外的林蔭路上的公園裡，以八角亭為軸心，鄰近的樹上掛了好多盞木質鳥籠。愛綠繡眼的人聚在一起，身旁傳來陣陣的鳥鳴聲。在偌大的城市中，小小的一方綠地向天翹首，看小鳥興致高昂，如同遨遊於白雲碧波之上，不禁令人忘記塵世的喧囂。

泰戈爾在〈漂鳥集〉裡說：「鳥兒希望牠是一朵雲，雲兒希望牠是一隻鳥。」浮生若夢，往事常常引起惆悵，留不住時光的腳步。鳥兒和雲兒都是生活的片斷，也許是來得快，去得也快，往往流露出人們感時的反應。

頓時，眼前有一個全新的世界誕生，久遠的渴念和興奮成形，同時我要品嘗旅人的心境。只有這一天，綠繡眼用純樸的聲音來表達生命的滋味，而我呢？此刻正繫念著童年時母親善良的臉龐。

「你愛小鳥，可以常到郊外走走聽聽，當做一種思念。」

「莊子在〈逍遙游〉這篇文章裡，說：「北冥有魚，其名為鯤。……化而為鳥，其名為鵬。鵬之背，不知其幾千里也。怒而飛，其翼若垂天之雲……」由此可見，大鳥還是有的，只是……」

我的腦海存在「小」的想法，小狗、小貓、小雞、小鴨。當時的電影《養鴨人家》十分走紅，劇中女主角唐寶雲趕小鴨入池塘的一幕，既壯觀又有趣，惹得我吵著媽媽給買鴨來養。

「小鴨長大了，會離開你，你懂嗎？只有鳥啼聲能夠深入你的內心，永遠陪伴你。」

接下來，飽讀詩書的媽媽又講了一個故事。相傳福建東邊的山上，住有一戶三口之家，寡母杜夫人帶著兩個兒子靠賣私鹽討生活。不幸大兒子的鹽擔意外地壓死過路的孩子，被官府問罪判死刑。弟弟得知以後，冒充哥哥去受死。

「老大出獄，沒有返家侍奉老母。弟弟的冤魂於是化作杜鵑鳥，四處啼叫，勸哥哥回來。由於思念情深，嘴裡滴出血來。土壤也開花，在春天開遍滿山的杜鵑花。知道事情來歷的人都說，這是杜家老二的孝心感動了上蒼。」

我幼小的年紀，略知一二。等到家裡飼養綠繡眼，媽媽的臉上湧現笑容，我就斷續地聆聽鳥聲，體驗兒時她的教誨。

聽著，聽著，母親因壽高而仙逝。綠繡眼因此獲得放生，我也只能周日去聽眾位綠繡眼的高歌了。

2012.6.20

《青年日報》副刊

媽媽的腿

媽媽的腿總是黑黑的，尤其在她坐久了之後。

無法持久站立，生活要靠家人扶持，媽媽的殘障命運已有五年了。要不是事發當日，正是半夜好夢時刻，她不會帶著惺忪的兩眼，一不留神，竟然給牆角扎破了頭，接著人滑倒在地，右大腿骨折。那次以後，媽媽沉默了好一陣子。

住院療養期間，媽媽接受了手術，臉色蒼白了點。鄰床的老阿婆也是骨折住院，她頻頻勸慰媽媽，說出「人老了，也不堪用了」的話。媽媽一臉無奈，把目光轉向哥和我的身上。媽媽沒開口，由著老阿婆繼續感慨人生。

老阿婆的日常照料全部交給她的媳婦處理，女人嘛事事方便些，沐浴更衣不煩老人家。她看哥幫忙照顧，連聲問娶妻了沒有？本來媽媽該由女性陪伴，如今卻是讓兒子代勞，實在很難向人解釋。哥哥面帶赧然，他不好說什麼，倒是媽媽眼尖，忙著說「他從小就黏我，到現在還捨不得。」這句話真像及時雨，讓眾人心頭彷彿如浴春雨。一團笑聲爆烈開來，媽媽給哥哥解了圍。

接骨雖說完成，媽媽因為傷到神經，自此無法走路了。媽媽並沒有大發脾氣，她反而試著坐輪椅或旋轉椅。個性恬淡的她，老年遭逢骨折之痛，看成是天意，或許一些老鄰居有的中風、有的癱瘓在床，也就難得聽她有怨言了。以前為家計辛苦多年的雙腿，現在無法再站立了，說是「功在吾家」也行，只是代價嫌高了點。

媽媽的黑腿正式退出廚房了，哥哥的瘦金體腿立刻遞補進去。一家人有吃有喝，和媽媽下廚時沒啥兩樣。菜餚的好吃否沒人再提起，因為媽媽改在臥房用餐，大家的心情已是變得對媽媽的黑腿加大關心了。媽媽的黑腿被三番四次的提出來關懷，關懷之殷切溢於言表。以前不談媽媽的腿，如今凡事圍繞它打轉，媽媽倒是顯得有些安慰。尤其是姐和妹的兒女每次來探視媽媽，啟齒的第一句話都是「外婆，妳的腿好了沒有？」媽媽聽了特別開心，連忙將外孫摟在心窩，忙著說「只要你們常來看外婆，外婆就沒病了。」

媽媽因為常年打理家務，裡裡外外煞費苦心。深夜兩點入眠，天濛濛亮就披衣而起，街頭巷尾盡人皆知。長時間的站立和走動，使兩腿的肌肉繃緊，間接引起血管破裂，血液在兩腿的表層皮膚流動，久而久之兩腿盡墨，彷彿豬肝色一般。初時媽媽沒有留意，直到兩腿紅腫如球棒，一家人才專車送往醫院。經過診治，醫生宣佈媽媽得了「雷諾氏症候群」。

個性樂觀的媽媽天性是坐不住的，她從沒問過自身得了何種病。病情稍為好轉，她又投進家事裡。兩條黑腿的顏色她毫不在乎，家裡弄得井井有條她始稱心。媽媽對家事的懸念無時或忘，用心用力遠遠超乎常人的想像。平時得空，她頂多自己揉揉腿，或是在床上把兩腿翹高，讓血液回流，以減輕兩腿的壓力。媽媽的儉約若此，我們子女真是感戴於心。

現在媽媽已經不聞問家事了，她的黑腿卻是顏色依舊。一段家庭史在黑腿展開，也在它不良於行之後結束。

2005.5.8

媽媽勾毛線

自從媽媽骨折以後，不再上廚房了。製作美食的手正式打烊，改為我去菜市場。突然的轉變，媽媽一點也不在意。她的個性本來就隨和，不會逞強。現在腿部行動不便，她的心情仍然平順，這就是媽媽。

她悄悄地整理衣物，我站在她身邊，完全不知道她的用意。時間一分一秒地過去，並沒有顯示什麼，她的動作不能抓住歲月；從她身上，唯一能看到的只有時間在流去，而人跟著改變。眉宇之間，皺紋有些增添，似乎給她的骨折印上深深的烙痕。

媽媽從衣櫥的底層找出零散的毛線團，她用手理了又理，頓時沉默的臉頰綻放出笑容。既然無法上廚房，她的心思轉向個人的嗜好，能畫能寫的她，在狹窄的臥室想要善用光陰，鉤鉤毛衣最是恰當。我看她手握零星的毛線，對著窗外的亮光一再細看，那份知足是歷盡痛苦後的昇華，令我十分感動。

毛線團擱在媽媽的床上，由於顏色的多彩多姿，整個單調的床立刻生色不少。媽媽的心情開朗起來，她取出修長型的鉤針，然後纏上毛線，就此開工。她的右手是鉤針，左手以拇指和食指繞著毛線運作，兩手的互相配合，毛線也一圈圈地增加，由「線」變成「面」，逐漸形成衣、裙或帽、襪。年輕時曾經做過女紅的她，重作馮婦，十指仍然上道，只見指上功力十足，不用兩、三天的時間，毛線的成品一一面世。

每回鉤好，她會找上我先看式樣。無論是衣裙或帽子，她都親自試穿，如果不合身，她隨時改頭換樣。她的腿部移轉困難，試穿毛線裙時，我絲毫不敢大意。眼睜睜地看她苦撐著身子，躺在床上套進裙子，然後在我扶持下緩緩站立。媽媽的站立雖是短短幾秒，我卻覺得她像個巨人，屹立不搖。她試穿後得意地笑了，苦盡甘來，所有的辛苦沒有白費。

我很少看到成品拆了重做，那是因為媽媽慢工細活，不容易出差錯。她的工作時間頗長，做到午夜是常有的事。要不是我跟她報告，她永遠不會歇手。燈殘更漏，月明星稀，的確應當好好休息，我怎麼能不顧她的八旬以上的年齡，聽憑她忘記自己還是殘障之身呢？我的體諒往往先難後易，多勸幾次，媽媽也不忍心，最後擱置還沒完工的毛線，翻身入睡。我抬頭望著明月，希望她一宵好夢。

媽媽熟睡以後，我的兩眼細看她的各式成品。一樣、兩樣，然後三樣、五樣，最後多得要在床頭和床尾堆放。媽媽的床添上毛線產品，每樣都是她的心血結晶，天天看，心頭會有成就感，老年有成，且不管大事小事，都值得欣慰與高興。媽媽以殘障的身軀繼續度日，不怨天尤人，每天鉤毛線，胸襟坦然，從毛線品味人生。她沒跟我提過毛線與人生有何關聯，只是默默放好成品。也許她的人生不需要什麼大道理，鉤毛線就是眼前，也是以後。

辛苦一輩子，媽媽因失足而骨折，算是人生遭逢不如意的事。她在晚年重拾女紅，鉤起毛線，又讓人生步入正軌。媽媽的毛線織品現在是愈來愈多，總有一天，需要一個櫃子來置放。如今，她的床還有餘位，可以繼續保存，我只宜欣賞，無須去詮釋成品夠不夠好。懂得把握人生的老年人，是個珍惜人生的人；媽媽每有一個成品，就妥善地存留，可說是不枉費過此一生。

離開柴、米和油、鹽，媽媽並沒有迷失，她鉤起毛線，證明自己沒有虛擲人生。用毛線編織美麗的願景，小小的成品裝滿了她內心的真、善與美。她沒有遠大的目標，用心鉤好每個環節是最好的人生觀照。她把活力充沛的角色敘述地很好，盡情地揮灑於人生的舞台上。從鉤毛線，媽媽擁有晚年；從晚年的媽媽，我也體會人生的價值。媽媽，我以妳為榮。

2006.07.24

爸爸的刮鬍刀

爸爸過世以後，刮鬍刀還一直保存下來。小小的方形刀片和手動式刮鬍刀把被包紮在一起。

十多年來，它們就這樣地在置物箱裡躺著。爸爸的遺物對於我是一次意外的提醒，提醒我人生的聚散；從另一個角度來看，來去原無定處，不過是偶然罷了。

就是如此平凡的東西，每當我看過一遍，總覺得生命既頑強又脆弱，為了照顧一家人，爸爸可以上兩個班；及至年歲大了，髮蒼蒼而視茫茫，在病房裡家人哀鳴之聲淒楚，此時已是無奈了。

我彷彿被刮鬍刀引導到過去，在時間的推移中，眼前的刮鬍刀鮮活訴說每個故事：爸爸的戎裝生涯陪著我由穿開襠褲而唸初中，媽媽的頭巾進入小學隨著她邊彈風琴邊輕擺；唸高中時全家有了自己的矮房子，第一張全家福照片是爸爸刮了鬍鬚留下來的。

沙、沙、沙的刮鬍子聲音時而清晰，時而模糊，透過爸爸的刮鬍刀訴說心曲。自己也似乎被攝入令人懷念的鏡頭，與爸爸一起回到從前。一家人相聚數十載歲月，沒有一絲世俗的客套與虛偽，所以那些失去爸爸的日子，內心是多麼的感傷。

晚年的爸爸因中風行動不便，鬍鬚比往日要多些。「刮鬍刀要留起來，它陪伴我一輩子。」爸爸自知無法逃避現實，不得不服老，遂於叮嚀時交代清楚。刮鬍刀使爸爸真切地認識到個人的存在，如果有一天他真的不在了，刮鬍刀還是能讓家人記起他的音容笑貌。

細細地撫摸刮鬍刀，空氣頓時變得格外清新。爸爸又再一次走入我的眼簾，像朱自清在〈背影〉中描寫的父親一樣，對兒子的關懷無微不至，事事都要照應得十分周全。

我的心中充滿了感恩，小小的刮鬍刀竟點燃了溫馨的歲月；所有遠去的故事都被召喚回來，那將是生命中最可貴的花絮。

走近熟悉的刮鬍刀，我以心靈的澄澈了解這個世界，如果一定要問心境，那應當正如赫曼·赫塞所說的一樣：「抬起頭來吧！只要試一次就好……習慣一下每天早晨用一點時間欣賞天空吧！……」

是的，偶然中也能找到永恆，爸爸的刮鬍刀帶給我的啟示果然非比尋常。

2012.07.07

那一條皮帶

或者是男人和皮帶的不解之緣吧，爸爸的確是活到老……

在浴室的置衣架上，有條又寬又厚的牛皮帶，皮帶只剩下二十公分左右，是爸爸生前用來磨利刮鬍刀的。

這條皮帶自我懂事以來，天天陪伴爸爸。靜止的皮帶一到了爸爸手上，「刷、刷……」的急促聲，穿堂入室，一家人沒有不側身傾聽的。就是在忙著做家務的母親眼中，爸爸的虬髯鬍也是她平日提醒爸爸要注意儀容的焦點。

在我們家，皮帶的用處是和穿衣褲有關的。小時候，褲子幾乎一律是用鬆緊帶繫住，我們的腦海裡對皮帶鮮少印象。細的或粗的鬆緊帶扎在腰際，靈活自如，沒有任何束縛感。它的柔軟滑嫩，恰如緞帶，綿密雅緻，又略帶似泥鰍般的「溜勁」，用「愛不釋手」四個字去形容，孩童的天真歡娛已是被包括在其中了。

我第一次看見皮帶，是唸小學的時候。我的身材矮小，用了一條細長的尼龍帶子。尼龍帶子比較硬梆梆，弄的肚子頗不好受。等到下課鈴響，腳跨出校門，馬上鬆開皮帶。皮帶是上學專用的，它的好處在當時是門面的。我跟幾個好友可是不領情，總是下學回家後，把皮帶亂丟一通。沒人會喜歡皮帶，尤其是騎木馬打水仗的年紀。

爸爸對我不愛皮帶很覺好笑，他平時也不管我，認為穿上鬆緊帶褲已夠我貪玩的需求。反而是，雖然我逃避了皮帶的壓力，卻無法不看見它的存在。臥室裡睡了一家大小六個人，一盞四十燭光的黃燈泡掛在樑柱下，將房間弄得不亮也不暗。稍微有個動作，都能眼見為真。牆壁權充了衣櫥，爸爸的衣褲放於最外層，因為他每日起身最早，要用皮帶拴住肚子，趕搭交通車上班去。

只要皮帶的銅環扣叮噹響，我的尖耳朵也就甦醒了。爸爸輕輕地拿起褲子，抖了幾下，然後縮了縮微凸的小腹，讓皮帶束緊腰部。他穿好軍裝，在門口用隨身型的袖珍型小圓鏡，從頭到腳照了一遍，臨跨上大軍用卡車前，又整了整衣裝。銅環的亮晶晶在清晨一樣顯得耀眼，我發現爸爸肚子有顆天上掉下來的小星星，它跟著爸爸上班了，把我的願望也一齊帶走。

當黃昏彩霞滿天的時刻，小星星也跟爸爸返家了。掛在牆壁上面的皮帶倦了，小星星隨即色澤暗淡了下來。此時，爸爸會到廚房洗把臉，自己弄杯開水喝。我等到爸爸不在臥室，又接近他的皮帶使勁地看。銅環皮帶比我用的大上一倍半，標準的長方形，質地堅硬，跟爸爸的脾氣類似。皮帶沒有任何裝飾，給人厚實的感覺。我的皮帶細小，怎麼看都像是兒童專屬的。

爸爸的皮帶在我唸小學時僅只一條，而銅環扣也始終現身於我的眼前達六年之久。我生日爸爸帶我去成功戲院觀賞電影《花蕊戀春風》，排隊購票入場時，我緊貼著爸的軍褲。頭一次，我近距離地看了爸的皮帶。好亮啊，真像水晶的潔白。我特意把銅環當鏡子使用，瞄了幾眼自己，突然，我的臉變形了，而眼睛更是大得好像桂圓。第一次發覺鏡子以外的面目，令人啞然失笑。我不是自己，卻像是別人家的孩子。我不解銅環的弧形設計，會讓萬物轉換形象，當時的我只是用力抓住爸爸的大手，那一刻我忘了夜晚的天空已然繁星點點。

往後的好長一段時間，睡在蚊帳內的我將臉背向爸爸的皮帶。我不去想小星星，倒是時常抓緊爸的大手。我睡覺的習慣改變了，時日一久，被爸爸查了出來。他知道是我跟皮帶賭氣，於是開懷大笑起來，不就是銅環的造型設計，把一張小臉氣成這等模樣。「過兩天是禮拜天，我帶你到鏡子店走走。」爸爸拿手心撫摸了我的頭髮。

爸爸進去玻璃店裡買桌上型的鏡子，這是媽媽交待的。我留在櫥窗外，細心地觀賞各種鏡子。鏡子的造型有平、凹和凸三種，我分別試照了一下。在我照到凹或凸的鏡子時，我整個人變了。我像極了漫畫家劉興欽筆下的人物，既逗趣又叫人憐愛。忽遠或近，有全身也有半身，一旦出現在凹或凸的鏡子內，頓時我全走了樣。說是滑稽也好，道是古怪也成，反正我是布袋戲人物「怪老子」是也。

皮帶的銅環又成了我心裡的小星星，也是我睡覺時會懸念的東西。皮帶給我的印象大約是如此，「束腹」之用多過裝飾。至於表現美感的方面，卻非我稚拙的心所能揣摩。改變我觀念的不是名媛淑女，而是爸爸的另一條「牛皮製皮帶」。一直到爸爸往生，牛皮帶的來歷沒人曉得。

我曾經向爸爸請問，他倒是守口如瓶。一條長且厚的牛皮帶，就這般堂而皇之的在我家的浴廁間正式擁有一方空間了。爸爸和理髮店的剃頭師傅一樣，總是在滿臉鬍鬚抹上白泡沫以後，先行將剃刀在牛皮帶上面來回磨利，力道強韌，猶如北風蕭蕭，直撲大地而來。這樣幾十回合之後，人站在鏡子前面，剃刀向白泡沫裡頭上下來回折衝。見到鏡子中出現光溜溜的下巴，爸爸才吐了口大氣。鬍鬚刮乾淨了，藉著牛皮帶之便，剃刀展現了刈草的功能。

皮帶的魔力，我算是見識到了。整個水源街的童年歲月，在平淡無奇的日子裡，我打彈珠、玩紙牌、扮家家酒，也偶爾去田裡釣青蛙、溪中摸小魚，再不然用石頭丟芒果、爬上木瓜樹取下青澀的綠木瓜。好多的難忘故事，發生於稚齡時期，年紀一大也會稍許印象模糊，唯獨爸爸的皮帶始終存留記憶裡，不似兒裡的樂趣隨著年齡增長，逐一地被淡忘了。

或者是男人和皮帶的不解之緣吧，爸爸的確是活到老，皮帶也用到老。當爸爸八十五歲中風以後，由於行動不便，兩腿不聽使喚，自此和他心愛的牛皮帶告別。爸爸失去了昔日的生龍活虎，人顯得蒼老太多。而那條乏人照顧的牛皮帶也因此褪色很多，光燦的咖啡色頓時減色，好比人生步入了暮年。人總會老的，牛皮帶又何嘗能例外呢？

牛皮帶仍然掛在浴室的置物架上面，一天又一天。日曆本年年替換，可是我並沒有因為長大而選用牛皮帶。爸爸的虯髯鬍改由我買的電動刮鬍刀服伺，在我照料之下，爸爸的下巴可是風華依舊。拿起鏡子對著臉照，爸爸笑了，中風後的爸爸不再抑鬱。他還是繼續注意儀容，只是不再提起牛皮帶的事了。牛皮帶跟爸爸幾十年，家人都明白，爸爸是對它凝聚了相當的感情，而突然噤口不言，是有道理的。

個性內斂是爸爸的特色，把對牛皮帶的愛深藏心底，也是我跟家人熟知但心照不宣的事。家人從此不提牛皮帶，讓它靜靜地掛在原位。有一日，我發現牛皮帶斷成兩截，已是兩個部份。我悄悄地捨起落地的一截，拿濕毛巾予以拭淨，然後用透明膠帶密封。趁爸爸酣睡的時刻，我放進了衣櫥。沒有勇氣告訴爸爸的我，也變得個性內斂了。

外島的家信

坐在碼頭上，回首遠方的營房，彷彿就在白雲的腳下。碩大的雲朵慢慢的移動，前一朵走了，後一朵又隨著而來。營房始終如此，在雲朵的飛舞中度過，無論已往或現在，它屹立不搖，滿載弟兄們的希望。

正是那兒，過去的家信躺在我的軍用背包裡面，而背包外面印有「親愛精誠」四個字，恰好暖暖地包裹著家信，一層又一層。

我摸著身旁的背包，等待退伍搭船返鄉。人到外島以來，收到家信是歡愉的一刻，熟悉的字跡是令我想起懸念的家人，親人的問候尤其動人心弦。平時只是電話聯繫，等到相隔兩地，那股關懷的情愫便化做文字，帶給我信心與鼓勵。來信的文字不見得多，有時稀落成三五行，裡面卻藏有兩人的默契。家信增進情感，我們一如既往，和樂融洽。

只要輕輕地抽出信紙，會讓我感覺親人與我說話，他們的話語不疾不徐，敘述自身的遭遇。他們努力生活的模樣，紮實地落入眼簾，片言隻字勾勒出現況，入伍前的種種瞬間浮上腦際。此時彼此沒有距離，我見到親人辛勤耕耘的音容，他們也目睹我身著戎裝的笑貌。

一生當一次兵，家信的意義最特別。每次輔導長發信時，連上弟兄個個情緒激昂，被叫到名字的剎那，是人生難忘的一幕。記得信發完後，沒領到信的弟兄看似沉默，無言地走了。他們好像失去什麼，不想再說一句話，倒是有信的人如獲至寶，不能掩蓋那份喜悅。得和失近在咫尺，卻又令人摸不到、抓不著。

有些領到信的弟兄，為了舒緩那些沒有信的弟兄的情緒，偶爾當眾唸信的內容。說到喜悅處人人鼓掌，語氣懊喪時又能贏得弟兄的支持。真是遇上生離死別，連上長官更會鼓勵有加。一家人便是這樣，齊心協力，同舟共濟。

屢屢接到家信時，當兵的歲月也快要結束了。家信被視如寶貝，用塑膠袋包紮起來。自此以後，軍用背包盛滿美好的回憶，陪我日日操練。在這些不算短的日子裡，我戍守在前線，經常收到後方親人的信。我總是捧讀再三，接受親情的照拂，雖然算不上字字珠璣、低首沉吟，清夜獨思，心頭頓時充溢感恩的心。

眾多的家信裡，收到春節前爸爸的家信，格外令我印象深刻。那是一張手掌般大小的春聯紙，上面書寫一個「福」字。工整的柳公權體字十分肅然，望著它猶如看見爸爸練毛筆字的從容嚴謹。字如其人，爸爸行事也不改這種風格。那一年過佳節，軍服的胸口袋就裝著這個「福」字，我在營房外數著雲朵的數目，一、二、三和四，還有……。

我幸運地得到爸爸的祝福，一路安穩地度過外島歲月。早我數十年從軍的麥克阿瑟將軍也是幸運兒，他唸西點軍校時，面對挫折與沮喪的困擾，身心兩疲，他的母親勸他：「你可知道你心即我心，且似乎是我的心臟的纖維和核心。」有了親人的叮嚀，從此他不畏懼任何困難，凡事全力以赴。

一封封家信裝滿親人的心，裡面豐盈無雙，屬於親人、連上弟兄和我。我們全都是一家人，伴著軍用背包成長，背包上印有「親愛精誠」四個字。

2007.01.04

碉堡的故事

船將要靠岸的時候，我看著碩大的島嶼，一片綠意蔥蔥……

自從搭船返回家鄉以後，離開我服役時的崗哨也有好長一段時間了。上次一別，不知何年何月才能再重逢？為此，眉梢泛起黯色。有個炎夏的午後，我站在東海大學附近的高地上。望著一處碉堡，雜在叢叢蘆葦之中，歲月使它鮮麗不再，殘破的外表顯示它確曾歷盡滄桑了。雲朵悠然，在天際飄遊。我不禁遙念起我當兵時住過的碉堡，那是一段交織歡笑和淚水的日子。

記憶真是何其神妙，往往能將不同階段的人生予以儲存，當你以後懷想時，竟也可以反芻又反芻，讓那段歲月回到身體。我的記憶亦是如此，保留了許多難忘的故事。所經過的地方，只要場景和往昔有似曾相識之處，我這顆敏感的心靈自會陶醉其中，而衍生出過往的點滴人生。

也算是偶然吧，這次郊遊途中，在台中鄰近的高地遇上了碉堡，便是如此。一場意外的遭逢，不是我始料能及。眼前的景觀頓時令我怔住了，碉堡，屹立在我眼前，我難以置信。多麼形似，有幾分迷彩味，聽說也是戰爭歲月留下的遺跡，碉堡四周略顯空曠，平時人跡很少見到。來此遊玩的人多半抱持談情說愛而來，因為取其氣氛隱密之意。我則是以閒適的心情而來，觀賞鄉野的雅趣。卻沒想到被碉堡打開了塵封已久的回憶，勾起了往事。回憶一旦湧上心頭，整個人也就如同走入時光隧道，重新披上了戰袍上外島。

船將要靠岸的時候，我看著碩大的島嶼，一片綠意蔥蔥，遠遠望去好比是一頭豹踞伏在那裡。一時興起，詩人辛鬱的名作《豹》朗朗上了口：「一匹／豹在曠野之極／蹲著」。分發到駐地之前，「外島」兩字意味著艱苦流汗，新兵如我者更是心情緊張，等到親眼目睹指揮官走到淺海中，迎接大批新兵，肅穆的心始油然而生。多麼感人的場面，我像我到了家一般。

次日清晨，一覺醒來，正是熟睡後的滿足。漱洗完畢，全體到操場集合。連長首度發言，話不多，只是講「軍中是個大家庭，下了勤務以後，老兵要領著新兵認識自己的家。」分到某個碉堡的我，初來乍到，滿眼盡是蔚藍的海。至於周遭的崇山峻嶺，還沒趕得上細細品味。鎮日的出操、幹工和站衛兵，幾乎用去了二十四小時。每天進出碉堡多次，汗濕的衣褲沾滿黃土，弟兄個個精神抖擻，黃昏的彩霞成了飯桌上最好的佳餚。

放假期間，有的弟兄養花蒔草，有的到海邊拾貝殼，還有的四處走走，有位弟兄主動幫忙養牛，我們常戲稱他是「牧童」。吊單槓是眾人所愛，慢跑已是家常便飯。極目遠眺或躺在青草地上，在路途中亦是時有所見。只要步出碉堡，你就會碰到陣陣綠意撲來。若不是有勤務在身，天上的雲朵彷彿是我心情的寄託。大海中的帆影點點，訴說出航和歸來的期待。從碉堡看世界，那是一覽無遺的。沒有人會覺得自己很渺小，因為碉堡凝聚了連上弟兄的心。

有的弟兄住在別的碉堡，如果距離近些，呼喚的聲音隨時傳開。東家長、西家短的事不曾耳聞，船期倒是讓每個人的眼睛為之一亮。只待船來，大家就興奮起來。除了物質的源源補充外，其他精神方面的糧食尤為珍貴。家書和情書的寄達，確實填補了久未謀面的懸念。欣喜的人不少，而落落寡歡的人總也有那麼幾個。猶記得，隔壁碉堡的一位老兵，接到女友的喜帖，心裡滿懷憂悒。當晚一人月下獨酌，兩眼淚對茫茫大海。站崗哨的衛兵換了幾班，也不見他腳步輕移。好個至情至性的戰士，平時的表現深受長官的嘉許，我們弟兄也敬重他三分，沒料到情關難過。隔日，連長給他個特別假，叮嚀大家守著他。

麻雀雖小，五臟俱全。坪數不大的碉堡雖然少了空間，經過弟兄的細心設計，陽剛味可是十足。除了獎牌、獎杯放於顯眼的位置外，運動器材也是四處能見，如啞鈴、拳擊套、籃球、羽毛球……等。屬於柔性的如書本、日記和家人照片，則是存放在個人櫥櫃裡。整體看來，碉堡像家又像個戰鬥體。一聲令下，天搖地動，三十秒全副武裝連集合場集合完畢，更是考驗弟兄的動員力。碉堡便是如此，靜如處子，動如脫兔。

每當夜幕低垂時，碉堡也闔上了門。走在附近，恍如置身一片漆黑中，幾聲犬吠，清晰地入了耳內，不遠處，但見有幾束微光抖動，原來是弟兄外出。白天所有的活動，一旦到了夜間，悉數靠微弱的光線配合。我曾在山上仰望我住的碉堡，那點點弱光在夜空下，恰似豹的雙眸。無論是光源由下至上，或由東到西，都予我豹眼梭巡的感覺。一頭豹於夜晚出沒，往往就在剎那間攫取獵物，豐收而歸。我住的碉堡也是如此，吸取了一輪月色，最終伴我到天明。

島嶼的地形高低起伏，碉堡也零星地座落其間。在這兒不見白鵝悠游的池塘，也遇不上沼澤地的浮葉植物大萍，放眼看去盡是黃土陡坡。奇特的地形使碉堡成了一大景觀，我和弟兄的住處，果真是堅實如堡壘。一塊塊巨石拔地而起，再以巧匠施工，就蓋成了今日的駐地。如此的接近大自然，讓我想到德國文豪歌德的話。他說：「從自然——不管你從哪個方向看——接續著無限」。自碉堡我發現了自我心靈的成長，我了解到巨石的意義，它象徵了浴火重生的無限。

在外島的駐地，有無數個碉堡，也有數不玩的故事。這都是人生的註腳，它也會代代流傳下去。在我的成長的過程中，碉堡扮演了重要的角色。在不甚寬廣的地方，我曾接受時代的鍛鍊和淬勵，耳濡目染之餘，卻幸運地得到碉堡的啟迪。原本對我不具意義的碉堡，由於我親炙多月，苦澀竟然逐漸從體內消失，相對地，圓融的因子已緩緩地塑造另一個嶄新的自我。我不會去丈量碉堡的寬與厚，因為堅韌挺拔正是它的形象。詩人辛鬱的力作《豹》給了我新生命：「一匹／豹　在曠野之極／蹲著／不知為什麼／許多花／香／許多樹／綠／蒼穹開放／涵容一切……」。從碉堡身上，我擁有了無限。

擎天崗

所以稱為擎天崗，是源於這座山舉起天的一方，仰望的眼睛醒了。燦爛的陽光灑滿綠地，極目蒼穹，攀登，便成一生的等待。只要走到山巔，今日應是行篋盛滿歡欣一握。

如果說山有高度，那莫測高深的巍峨就是。而疊疊綠意在腳下鋪陳，山脊延伸，如畫。自底部到頂端，四周嫵媚著清新雋永，和白雲招手，彷彿接觸了天地的誕生。

有天籟降自雲端，如笛似簫，忽這忽那，人間仙境赫然入眼了。

海風吹自台灣海峽，見證了山的身世和許多故事。林中的獵人和水邊的麋鹿，百年前的伐木聲切切和時明時滅的篝火，已是山的烙印。遐想飛馳，牽引先民的汗滴淌入懸念。某片原野，某處山頭總有香煙清芬。忽地回首，尋思了一段風雨也難磨滅的足跡。

站在山頂，那遠處的台北盆地似近而遠。每個生命是一種情操，熱情與慷慨的手，相識或陌生的，用回憶和懷念圈住彼此。人們的心貼近這塊土地，門前的小徑有莊嚴的歸向，一年一月在桂花香中跋涉。山下是北部人的匆匆，而擎天崗正從古老中走出來。

攏自山裡的，也永遠屬於山的一部份。智慧替代了自然的顏色和聲調，總在沉思中提醒血液。選擇一個「我」，一個立於天地之間的「我」。山的抽象和神秘不再，內心笑看雲起時。夢的起點不是山了，方向卻在山腹裡敲響叮咚。

擎天崗不是大壩尖山，高峻猶如大屯山。它任由雲留霧漫，且披上一匹綠練看月兒盈虧，或抖落紅塵的深秋唱晚。平凡的身姿硬是有一份足堪回味的臉孔，光燦明澈拭亮了兩眼，威武雄壯是它的歌喉，未來已然扛在雙肩。

它的歲月正屬於一行長長的飛揚，屹立不搖的尊嚴許了它。拔起平地的同時，山也逐漸躍升與深化。

老榮民的一天

早晨枴杖的橐橐聲
如橫貫公路的圓鍬打通
一輪殘月掩映下黑熊出沒的榛莽
喚醒沉睡已久的眼睛
太陽出來時
身影守住岸邊
翻騰台灣海峽的洶湧
白髮也止不住、拴不緊的海水
忍令海鷗遠離兒時的清淚
我想著從前
槍林殺出山頂的烏雲

彈雨一不小心彎進手持刺刀的污手
吱喳的麻雀驚走
再也看不見蘿蔔長在田裡

我仰慕
戎裝照前盛開的蘭花迎風招展
在倦鳥歸林的黃昏
晚霞笑對人間
引領永不凋零的從容

2009.04.30

爸爸的眼神

一雙被步槍擦亮
摸過夜哨
在深山穿破步鞋的眸子
亮自牆上的照片
篤定如梅花軍帽閃爍
在飛馳的吉普車上絢麗
那屬於火的理想
握住永不停歇的羅盤
不讓污泥埋葬
無畏顫慄襲擊
你勇敢活過

風雨來時
我們同在一把傘下
振臂向嘩然的風暴前進
我們相視微笑
榮耀光輝的日子
犧牲奉獻的聖潔靈魂
都寫進父親的眼神裡

一線天

巨岩用它的聲音
呼喚過往
追尋雁的腳步
海馬齒莧的依戀
迎來風過海洋的夏天

背脊夢迴日月
凝視天空
故事在銀河系落腳
海岸總是敲打漁歌
片片歸帆滑過地平線

渾厚寫入驚奇
如巨人的胸膛般
擎起千古
擘開一道岩痕
仰觀浪淘盡的斑斑歲月

黃昏魚

潮來潮往
水波戀著月色
仰頭　看見你在遨遊

芹壁的天后宮外
星光可以入夢
天空沉默如一朵花
突然湧現
與明天可能的晴朗相約

思慕的心只等上岸

如翻飛的燕鷗佇足
不在海平面徘徊
徹夜鵠候璀璨的燈火

白雲垂落眼底
述說貝殼的心事
渴望　你在徜徉
攜卵石的潔淨
（附記：黃唇魚產於馬祖附近）

竹編蚱蜢

幾乎要飛躍起來
忽然間林野瀰漫
你走出一片空曠了

竹葉的香氣緩緩飄散
那片落葉林讓你肅立　蹲伏
也近似爬行
竹編蚱蜢啊

你的腳下便有落葉
夏天的影子正從裡面溜出來

而我注意你是無聲的歌
不為蟋蟀點綴
卻情願擁抱今日的林梢
一抬頭
身邊擦過鳳凰木的清香
你有疊疊樹影
陽光流動著嫵媚

誰能告訴我
你的翅翼之下
疑似莫測的仙杖
果真遠自煙靄而來嗎

蚊子

沈重的寂寞躺在孤燈下
燭自在暗夜裡咀嚼沉默
疲憊的眼皮不聽使喚開闔

突被出現在眼前的秀色驚住
蚊子折下一枝含羞草
插到我的記憶
說是牠的柔情
卻捶得我的血管顫慄

一到酷夏

牠們便精力旺盛
嗡嗡喧囂　聚成鬧市

好久沒聽到這種吵鬧
原來蚊子也捨不得入睡
想陪我一起失眠。

2010.07.25

蟬鳴

蟬叫了
火車疾速行駛
平地現出雷聲
樹木開始落跑
把夏天還給麻雀

叫呀叫的
高歌是鋸木聲
樹屑摔痛了年輪
而我的心萎頓於歌聲
切痕留在夏之胸脯

不如沉默吧
臥睡在風中
站在艷陽下
好像佇立一個背影
回到樹和你的最初

2010.08.06

蘇花斷層海岸

懸崖峭壁
親近大海
聞到和平溪傳來輕柔的喜悅
一波又一波
浪花開在海岬的雙足
和巍峨作伴
迢迢大海
銀亮銀亮的
在海岸面前
展現浩翰的心胸
過往總要走

不屬於永恆的雲霧
蹣跚於陽光
歲月不想沾上朦朧
紛紛擾擾是落幕前的囈語
隨波離去
遠了　更遠了
學著恬適
框住戀念的青空
不想壯闊　不為浪漫
晨夕有自己的夢
織秀色於一點壯碩
挺身和狂風暴雨周旋
別忘了像獵人
出沒在黑暗的轉角
用曙光踏碎季節的更易

世界沒有末日
這裡只有天朗氣清
一到春天
孕育綺麗的山崖
擁有智慧與沉著
又將前進但見清澈的大海

門神

就這樣屬於熟悉的現代投入體溫起伏的街道
你走出歷史
昂首於沉默的一瞥
風聲展讀
被時間寵壞了的傳說
好似上演文場與武場
彷彿聽到庭槐沙沙作響
肅立只為威武
瞳孔於闇夜漸漸看到某些燈影
唐時的龍燈復燃
今夜你又對飲天空的星子

2014.02.08

《人間》副刊

脫衣舞孃

額頭冒汗的脫衣舞孃在夜晚十時扭腰擺臂的時候說：「世界果真變了，明明是選舉，竟然找我跳脫衣舞。」

她指的是年底大選，後台的競選幹部聽了這些話，大眼瞪小眼。露些白淨的肉給眾人瞧瞧，大家都能提提神，還提這門子喪氣話有夠衰。

一個老頭子雙手猛甩，手上的紅包滿滾滾，差點落了下來。結果脫衣舞孃走向台前，彎腰拿到手裡，又放在乳溝內。這個老頭子直把這兒認做是秀場，給過紅包，嚼著檳榔掉頭就走。脫衣舞孃提聲道：「讚，這個老年人真上道。」後台的一位競選幹部連忙補了句：「多謝，一萬元賞金。」音調似牛肉場主持人。

觀眾中紛紛有人掏出錢來。要是有人把百元小鈔擲上舞台，脫衣舞孃呶起小嘴，說：「多一點嘛！」有的耳朵軟的就送上千元大鈔，換來一聲謝謝。更多的人只沒聽見。

脫衣舞孃雖然不再說話，但是豐胸翹臂的款擺，已經把該說的話一一點明了。台下的觀眾漸漸走樣。賭脫衣舞孃的衣衫褪盡的人聚在一起，加錢的手出得慢半拍，換來的可能會是「這種身材行情豈會這麼低」，然後雙雙眼睛盯著脫衣舞孃不放。

這樣百元千元的加錢，比原先的老頭子給的賞金還嚇人。賭到最後，脫衣舞孃一角也沒賺得。

後台的競選幹部對失序的觀眾一言不發。

脫衣舞孃看到賭金搶去她的風采，把胸罩使勁拋向台下的賭客。賭客一陣歡呼，「她給我的，我要留下來。」有位賭客緊抓胸罩不放，一邊掏錢，得意地拿一把錢送給脫衣舞孃。抱錢的時候，一對奶子被遮去半邊，脫衣舞孃說一聲「要看夠本喔！」就往後台跑。後台的競選幹部哪有開嘴的機會，面上微顯不悅之色，眾口同聲地教訓脫衣舞孃，「捐點政治獻金，別如此小氣。」

脫衣舞孃只是用錢緊緊裹住一對奶子。

81.12.30 中時副刊

《民眾日報》副刊

挺立的雨夜花

躺在床上，看人客的面色，妳雖身稱心卻不稱……

又是假日，抖落六天的忙碌，起而逛貓仔間。

走著走著，走出同情來，厭於奚落，齒於揶揄，昔日將關懷贈于乞者，如今妳的屹立強於乞者，所有的查某都已看過，但是猛地與妳怯生起來，彷彿妳在華西街見過，現在變成火車站的六號，辨識不出來了。

走著走著，假日已在眼前，現在卻想假日溜走，心頭感到逼使自己來這裡也算是無奈，每一家貓仔間三三兩兩的查某或站或坐，街上的鬧熱就因她們而來，我只能邊走邊看這條花街上那些掏錢找樂子的老年人和年輕人。讀他們被乳房摩擦的興奮，念他們追逐胭脂的灑脫。「如果雨夜花長在一口枯井旁／承受風吹雨打成長前的澆灌／她長大，給人百般蹂躪／這本是洪素麗在「雨夜花」一詩中對風塵女討生活的描述，卻也道盡了妳現在的處境。街上是一片貪婪的目光，默然凝視貓仔間的燈光，燈光是泛黃的，卻也被查某弄得明燦了。

看到那副驅體，既沒有在臉上濃粧艷抹，就擔心人客不注意，於是倚在牆腳，先是翻開衣領，撥出裡面那些鬈曲的秀髮，用指頭扒梳它們，搞得頭髮全是圈圈，又想到兩週沒上美容院了，倘若人客即是籤，今天做了十五支，明天還有那麼多陌生的籤，新面孔本來不少，今晚卻想遺忘，只是想讓自己牢記那恩客罷了，有限的學歷使妳總是不多言，不願給人客識破而在擁抱中啞然，只得在兩股間留下門扉，以便貯存人客的記憶，但記憶裡沒有妳，只好在家裡的一子一女的心中寫上妳的名字，而過多的名和姓令妳頭疼。只得設法將個人的名字抹掉，但又無法全給塗去，只好「教給他們她得不到的尊嚴／—不要背景提拔的自立／不必依靠扶持的自尊」（洪素麗詩）

一根白髮是一肩擔負，想起老家的父母，有許多未捎信問候了，至少信紙已微硬些，姊妹們一直要妳常寫家書，但妳確實不願提筆，妳只想少提往事，而不願矜誇自己是孝女，因為父親嗜賭如命，棄家庭於不顧，妳不得不為償父債而賣身。妳還是懶得寫信，只想收到家書。如果有信來，最怕見到起首那句話「又欠了一些賭債，」妳每天都在脫奶罩，給人客摸乳就是大賺錢。

也許青春是這行業價錢的指標，在每個人的腦海深深烙印著，妳以姐妹淘的熟客與自己的恩客相比，卻又發覺空虛依舊，今晚妳等待那人的到來，但獨不見熟悉的背影。像大樹，希望有鳥兒來棲息。如有人上門，兩個人可以一塊暫時祛除煩悶，重溫新婚之夜的餘香，但那人沒有來，也許他在卡拉 OK 唱「西北雨」？唉！落寞的妳，又不得不倚閭望伊來。

走著又走著，和家花不同的只在妳是世俗人眼中的「野花」而已。如招手叫客是此時的妳，也許才恰如自己的職業：如社會局官員看此時的妳，也許會驚訝查某間的存在不失為解決就業問題的良方，妳有妳的哲學，妳也有妳的嫵媚，只是妳不善於表達而已。妳到底對人生了解多少，連自己也捉摸不準，就像此時，看到自己在招生意，才發現下海時日太久，險些忘了自己是誰了，看著過往行人對妳搖頭或說下次來，妳頂多再加一句，「來嘛！」很少這樣仔細看妳，「這就是妳嗎？」越想越覺得妳不再陌生了。

連時間規定也載明一次十五分鐘，掛鐘已顯示多出五分鐘，不去想規定，溫存也要時間，何須為了節省時間而換回幾天的後悔，且讓嘀嗒的鐘聲訴說妳的寂寞吧！

其實不妨抽空返家看看，到廚房做幾樣可口的菜餚？從菜市場揀空心菜，配些蒜末，這就是當日的家常菜。「空心菜喲？空心菜／莖葉離去根仍在／風雨過去新綠來…祖傳的土地／萬世的根基／不斷的空心菜／把根留下來！把根留下來！」（連水淼詩）

幸運的詩人，如果他走在查某間的外面，看到三三兩兩的貓仔，也許會想到黃春明的小說「看海的日子」中白梅的遭遇，說不定，還令他哼起「雨夜花」這首歌：雨夜花、雨夜花／受風雨吹落地／無人看顧，冥日怨嗟／花謝落土不再回／…。

在這花街的巷道裡，妳尋覓空心菜的菜圃久矣，妳找到的仍是漁港的鰹魚群，躺在床上，看人客熱面色，妳雖身稱心卻不稱，不哀怨，因妳要做台中的白梅，不相信這樣的母親一子一女就沒有希望。

看又停，走著又走著，希望上心弦，失望上心頭。走出貓仔間。

走出貓仔間，想去買空心菜籽回家種。

等到空心菜長大，要留下根來。

82.2.5 民眾副刊

擁抱家鄉泥土的你

就由你提著那寂然的足音，別催你，在往日送行的巷弄，你何妨嗅一嗅家鄉泥土的樸實。

似當年遠行，你不變的是歡欣與雀躍，你還是自己。若說你變了，那或許是他們在你臉上找到台灣味，你不顯老，那種鄉土氣息僅是你念故鄉的註腳。

「你何時歸來？」

「故鄉的人需要我的時候，我就回來。」

如今你放棄海外的高薪厚祿，挺起胸膛回來，難忘哺育你的大麵羹，你仍找得到台中菜市場邊的麵攤，麵攤頭家認得你呢！他讓兒子端一碗給你呷，「眼睛要多愛惜，別太打拼囉！」任令麵攤附近其他老攤位的熟厝邊打量你，他們鐵定認識你，在平日的寒喧中，他們和你家人一般地對你翹首以待；這班鄉親父老一定看過你，雖然他們不會走近你，但你要親善他們，說：「大家都要多保重。」

就讓爸媽先跟你講，你看不出他們老，但為什麼他們的身邊多了幫手，順便說一聲。你出門時讀初中的阿郎，現在已經出獄了，附帶告訴你，小時候隔壁鄰居月裡，現在兒女生一堆，像個豬母一樣。

此後，由著你走那九拐十八彎的小路回家，讓那褪色的路伴你想起從前，路面換成柏油路，路邊溪水依舊，但你的步履已不復當年的沈甸了，隔閡的是外國語文的市招，熟悉的是鄉音處處聞。還記得離家時，鳳凰花迎風招展，而今卻枝椏畢現了，殷紅的是聖誕樹，孤寂的是鳳凰樹，寒風習習，你撿拾地上的肉粽葉，你說台中的燒肉比異地的漢堡香噴噴，接著你談一下說洋文的地方的民風，就在爸媽告訴你許多這些年台灣的變化，你竟然說，「好還要更好。」

然後大家回到屋裡，你跪下來親吻家的土地，爸媽同時搶著扶起你，讓你多瞧幾眼這個家，你走進臥室，微笑地注視多年前家人的合照相片，你驚喜地翻閱老書，坐在書房旁出神，你猛然發覺：萬年青長得貼近天花板。

那一晚，你和弟妹都繞在爸媽四周回憶，你抱著小妹的兒子唱你襁褓時媽媽常唱的台灣民謠「搖籃仔歌」，你說在異地凱薩琳也常哼這首屏東民謠，而自覺母親如在身邊照拂你。你說在異地，你的薪水和鄉愁不分家，那漢堡夾著的是你的鄉土情，你說在異地，每次碰到老人時就想起台中家裡的老母親和老爸爸，現在人回來，眼下的老人已不是金髮老人，而是自髮皤皤的雙親了。

有請雙親說一段你兒時的胡鬧，讓大家再糗一糗那胡鬧的可愛，有請爸爸講一些由女婿做生日的感受，有請弟弟談一籮筐人生海海的趣聞，最後再請媽媽以米代筆，勾勒花籃、花朵，插遍花的花瓶⋯⋯等圖案，你則像爾年那般，抓起相機，按下快門，說：「媽，妳跟洪通、林淵一樣，可以名列素人畫家之一。」

夜氣深垂時，你出外走走，全不像往日散步時的冷峻，你滿懷台灣未來的憧憬。家裡人沒跨出門檻，你只是輕移碎步，咀嚼過去。假日天邊有月亮，你也不敢舉頭望著，月有圓缺，除了惹你感嘆外，月亮能給你什麼？

路燈留不住你，於是，你返家，大廳中檯燈旁的媽媽見到你，說：「早些睡吧！」

於是，你再也不必唱「流浪者之歌」了。

81.12.13 民眾副刊

《台灣新聞報》副刊

當鋪

黎明前我將取回信心
你可知當鋪老闆放在何處？

典當信心後我也只能
藉著風吹日曬汲取養分
給我一份地圖，朋友
我要找出自己的位置
三更我的位置指向黎明
滿天烏雲逐漸消失
天際露出曙光
憂愁已然不再，我的臉龐綴貼勝利

昂首走向當舖
信心的影子躍然出現
我取回放在身上　剎那間
七尺之軀揚長而去

82.4.12

《講義》雜誌

輪椅的聲音

是的，他就是山，絲毫不畏懼風雨的吹打

芒果樹邊的小屋前面，晴日總會見到一張輪椅，當男主人坐上去，背景是深刻的。

這條路上，輪椅的來去多半是他。走上前面，他的身上顯出了關於生命的蛻化和延續。記得那是去年秋天，工廠的食品處理發生了意外，疲累使他的體力明顯不支，雙手反應遲鈍，兩眼直打轉。糟了，天已旋，而地也動了。曾經在鐵工廠鍛鍊出來的手臂弱了，感覺到自己彷彿不屬於自己，完全像是另一個人。

暈厥之前，他喃喃地對同事說：「拜託你打一一九……」然後在大家面前昏迷不醒。飄呀飄的，夢境出現中華路教會的平價住宅，接著科博館旁的二樓住宅露面，他只是路過，沒有進去，那裏是旁人的土地了。醒來以後，他才意識到原來身在醫院的普通病房。

老闆焦急的眼神和他對視，同事在病床邊露出了關懷的臉色，他眨了幾眼，又閉上眼睛。內心的翻滾一刻也沒停，渾渾沌沌地，從未有的朦朧的感覺，彌漫他整個心胸。

「你清醒了真好。」

老闆的話讓他感到些許內疚，見到同事圍在身旁，他恍惚地重新記起與工廠同事的良好互動。「看，我們等你老半天了，快，說句話」一個女同事安慰他說。

空氣漸漸地活絡開來，不知何處飄來的歌曲〈愛拼才會贏〉餘音裊裊。他的唇頰還是被同事的熱情啟動了，他擺不出雀躍和歡欣，而相對時的漠然或是喟歎，他也不忍心表達。

「我清醒了……」令人眼睛一亮，他送給同事行至水窮處，柳暗花明的感覺。幾位同事拍拍他，捏捏他。友情縮短彼此的距離，讓他又能回到現實。

如今一個人獨處，反而感慨風靜止的時候很美。如果說事業成功之日，即是黃粱夢醒之時，這些年來拾獲的貝殼，又還給大海，其餘的只能在夢中浮沈而已。他艱難地試舉中風後的右手與右腿，一會兒酸，一會兒疼，此刻親近的家人何在？等到母親含淚的目光再也看不見了，才驚覺曾經擁有的，復又一摘就碎了。

復健室按時得去報到，有時候仍有一份莫名的悵惘。利用空檔，主動地跟陪同病人的家屬閒聊。不僅僅是他，受挫折的面孔哪個沒有增添幾條皺紋的？揮不掉的影子持續下去，有如帶刺的薔薇，無意中也許傷了自己。

假使有一天能重新回到工廠上班，那該多好啊。他看著病房窗前老闆送來的小花，總要為它的生命感到驚奇。發芽不久，充滿了活力。更有那花香，淡中有味，怡人心胸。「好好地珍惜它呀。」是的，他就是山，絲毫不畏懼風雨的吹打。

窗外的一切生機勃勃，何事何物，不能重頭開始呢？人間本來就不可能一帆風順，有得有失是必然的。成功休要自滿，失敗也不可自暴自棄。試想，花兒落了，還有再開的時候，他的中風也會逐漸好轉，不應老大徒傷悲。

熱愛人生，既然掌聲已經響起來，輪椅自會孕育他的生命。全心全意的投入，日復一日，竟覺得蒼涼的意味已遠，耳畔留下的，只有鳳飛飛的歌曲〈掌聲響起〉。

2012.10月號

《台灣時報》副刊

樹神

里民大會就要召開了，里長只有一個心願，希望里民能接受他的建議。他說：「這棵百年榕樹，應該儘速搬遷，以免附近交通受阻。」

里長在榕樹附近住了幾十年，從小看著榕樹長大的，他和鄰人心裡都明白，這棵榕樹就像庇護所，怕熱的人來這裡納涼，年輕情侶上此處花前月下一番。

這一天晚上，里民大會開鑼了，議題圍繞著百年榕樹打轉。

里長面對諸位里民，著實數說榕樹不遷徙會導致交通癱瘓的問題，榕樹旁邊有座大廟，平日香火鼎盛，上廟膜拜的善男信女總是把車放在榕樹身旁，久而久之，途經榕樹想過路的人苦無機會穿越，如此一來，民眾的不滿也就表面化起來。

分析了一大堆事實，沒想到底下鴉雀無聲，要求改革的聲浪曾經傳到老一輩的里民耳中，結果換來指摘的言語，大廟的董、監事碰到這回事，嘴巴閉得更緊，紛紛表示百年榕樹儼然樹神，誰都得罪不起。

里長的眼睛開始在里民身上逡巡。有的抬頭、有的低頭，其中沒一個人跟他搭腔，人的問題好解決，神的問題可難辦了。里長耐不住落寞，再度發言，他希望里民將榕樹當成植物看待，不要有畏神的心態。

等到里長的二度發言說完，一位里民反問題：「里長伯您動了樹神，真的不怕其他神明發怒嗎？」

里長聽完這句話，遲遲無法回答。

過了一段時間，里長終於開口了，他說：「散會。」

《中華日報》副刊

戀人的吻

兩眼相視
嘴唇已在
陌生與熟悉之間游移
近的火，遠的炭
瞬間交融

一種沸騰隨著夜色上下
忽然現，忽然隱
如果將接觸褶疊
凝聚在上面的時間
長長久久

聽啊！耳邊有松濤低語
聲聲洶湧
來的是光，去的是影
桃花吐出豔芳
枝頭綻出朵朵春意

也是仲夏的黎明
燕語呢喃
纏綿是羽翼內的訴說
溫柔地，在風中輕輕響起
又緩緩飄落

雙唇是又一片霧
在清晨的天空濃呀濃的
繡榻散落繾綣

長髮上的蝴蝶結旋踵間飛起
　霧漸漸散去

擁抱是永恆
頻頻留住眼睛的水漾
眉底的嫣紅
繁星滿天　戀人
引燃漫漫長夜

船帆石

即將啟航　迎向大海
飛鳥在你的雙臂翩翩
眼睛半帶太平洋的幽渺
一身翠綠　既原始又現代的你
夢想黏著足跡

從墾丁開始　你要找尋地平線
彼端閃爍的風采
也許是島嶼　或者城市的睡姿
達爾文繞過　高更筆端的海濱女人
宛轉處留有痕跡

抖落雲的追逐　海風輕撫你思鄉的心
回眸　海鷗齊來為妳送行
不捨亦要圓一個踏浪的夢
你想證明遠方有波瀾壯闊
縱然你只是你

巡禮的進行曲抑揚繁複
四季以奏鳴曲開頭
交會的是日出和日落的浪漫曲
動容的是群山與萬壑的小步舞曲
歡快地以輪旋曲收尾

若問滔滔巨浪你掬過一杯否
萬般風情是你美麗的駐足

險峰有你攀登的蹤跡
珊瑚礁下蘊含生命的活水
涓滴匯成靈毓的大海

安抵鵝鑾鼻　晚霞滿天
豐收垂自你滿溢的笑容
你醉握朵朵彩雲
就在半睡與半醒之間
悠然已掠過你的心

摺紙

將一塊園地　用參天的
綠蔭裁剪出古往今來
安靜無聲　所有的聲光
與化電歸於沉寂
鶯啼留在園外　太空梭的火
也只能在幾萬公里外噴燄

什麼是言語　什麼是
深山幽幽迴響的吟誦
舉手提起的會是
髯鬚下、油燈前

力透紙背的筆
筆下尚有紙端的歌檯舞榭

飄洋過海　從愛琴海
浴缸的溫水溢出靈感
狂奔逃走一位阿基米得
以支點撐起全世界
歲月在他的手上
鏤刻羅馬人以降的河山大川

忽然　地球自轉的方向
重回太平洋彼岸風光旖旎的
湖心亭邊　走出千古
整理宮廷三月花飛的勝地
冷光照空閨的征夫怨婦

尼羅河畔謎般的法老王巡幸

復活就在眼前　一尊尊的
人物猶如走下博物館的階梯
活在巨廈　活在老厝
電音三太子的繞行
來回大甲的媽祖抬轎
更有不喚即來的台台好戲

蓬萊仙島

黎明緩緩昇起
我們仰視，在峰頂
高山連著天邊
曙光乍現，樂園一幅

曾經砲聲隆隆，守住
一個個希望
血跡沾過的泥土
長成路旁的鳳凰花
當春風拂過，陽光照過

花朵綻放
雨水走過冰冷
天空也遺忘失行的雁

我們攤開手掌
誓言拒絕歷史的擺盪
仍然在邁進
在祖先的身上燦爛了春天

湖心亭的日出

夜晚之後　大地靜謐
天空已然甦醒
一張灰撲撲的臉轉為黃橙橙
掉在河面上的星光和月光
紛紛向曙色告別

湖心亭的清晨被薄霧繫住了
飄逸著一份浪漫
空氣中瀰漫潤濕和清新
草地上的露珠晶瑩
天光、雲影和水色是為你而來

湖的一角起波
且看葉子譜寫水紋輕盈

薄霧緩緩卸下
遠方的白頭翁清唱幾句
曉色羞的配合韻律操打節拍
更有那漫步的老人對著
亭子想起從前

也許歲月總是悠閒
亭子把自己帶入寧靜
默默學習造化
不時來回於一頁山水
陶醉便在眼前
輕舟早已待發

聽覺忽然愉悅了
似乎湖也在歡唱

天終於亮了
湖的安謐依然
安於往昔的盛景
它仍舊掌握無法丈量的智慧
時間在這裡約會
一條條波紋劃過歲月
將風景扛在肩上
一個亭子的世界，蘊藏
一種感人的聲音
發自天籟　只要
走入　聆聽
一場即將演奏的跨世紀舞曲

巷子

巷子在中間
過去是一邊　現在
是另一邊　傳說
落在繽紛的花葉上
唱歌

過去在顏色的
亮麗下露出笑顏
斜曬的陽光總是
害羞地步入
簾幔

不要高樓
詮釋現在的鴿子
吉他在夜晚
撥動星子的眼皮
尋夢

童話喜歡這裡
兩幢屋子
由歲月串成一線
隨著愛麗絲笑
或哭

一直沉睡
不想蜘蝶的網

蝴蝶彷彿在巷尾
探頭

小小的天
窄窄的地
只差一隻蟬
莫問巷口街道的
清唱

附註：這是台中市火車站不遠處的一條巷弄，和街道僅有數步之遙，是個鬧中取靜的地方。此巷新屋一邊，舊厝在另一側，兩種風情引來異樣的感受。既想念過往時光，又在成長的壓力下，驅使自己努力向前，不可稍有退卻。

《台鹽》月刊

謎一樣的英雄人物——賣鹽順仔

賣鹽順仔是個謎一樣的人物，他的出現不尋常，就在百姓低首蹙額，苦惱萬分時，他伸出援手。像個活菩薩一樣，他行俠仗義，拯救黎民於水火。

賣鹽順仔生存的背景是滿清時期，當時的台灣仍然餘留械鬥情事。不同的地域或族姓意識，往往因一點細故而引起群毆，造成無辜的人傷亡。類似的事件防不勝防，看在官府眼中，也只能睜一隻眼、閉一隻眼了。

赤崁（今之台南）城西本有一個大商港，港路不少，船隻來往十分頻繁。然而，在地的五大宗姓卻一一占據了每條港路。這些宗姓分別是新港墘黃、佛頭港蔡、南勢街郭、南河港盧……。

每個宗姓的族人向心力很強，如果有誰被哪個宗姓的人欺負，這個宗姓的人會不惜任何代價討回公道。如此一來，紛爭在所難免，不是在街上比武，就是三更半夜又有哪家的宗祠遭殃了。

三不五時地，街上總會傳來吵嚷聲，原來又是作威作福的大家族宗姓在欺凌勢單力薄的小家族宗姓。

有次，一夥肩扛水柴的施家族人，在狹隘的街道大剌剌地走。碰巧，一位文弱書生從宮後街走來，他因無處迴避，被對方撞倒。對方逞強，硬要書生賠罪，書生遭此無禮對待，不願道歉，接下來可想而知，當然是這名書生難逃對方眾人的拳頭修理。

在一旁圍觀的百姓親睹此事，卻乏力協助書生。他們平日也是自身不保，常被騷擾，現在遇到書生挨整豈能助一臂之力？等到施家族人揚長而去，百姓們這才幫書生治療。書生返家後，他的家人除了仰天大嘆，別無辦法，畢竟對方坐大非一日兩日啊！

眼看著城西大門又開啟，小販、商賈頓時活絡起來。由於人聲沸揚，安寧的街道隨即熱鬧不少。

「鹽，賣鹽」賣鹽順仔低沉的聲音，自街邊一隅漫然傳出。

「大柴，賣大柴。」施家族人的叫賣聲也從街頭的另一處吼開了。

百姓聽到施家的叫賣聲，立刻閃躲一旁，只有賣鹽順仔一人站在路中間。

他見狀仍不改面色，一路叫賣鹽作生意。到了城門口附近，他和施家人終於對上了。賣鹽順仔身子硬朗，和賣大柴的施家族人兩相對撞之後，他依然屹立不搖，反而是對方像骨牌似的，一個接一個應聲全倒。

施家族人火冒三丈，執意要賣鹽順仔賠不是。已經年事頗高的賣鹽順仔知道錯在對方，對方顯係仗勢欺人，於是不表歉意。施家族人實在氣不過，立刻作勢要揍人。他迫於現實，只好和對方較量較量。一番你來我往，態勢已勢明白，屬於施家族人的一方落敗。

圍觀的百姓看到施家族人竟然敵不過一名年老的長者，紛紛鼓掌叫好。不久，施家族人的家長出面打圓場，才化干戈為祥和。

經過這件事之後，賣鹽順仔成了當地的守護神。他如常地販鹽度日，只是身邊跟了一批嬉戲的孩童。

春、夏、秋、冬，一年四季照輪，百姓過著無憂無慮的生活。人們和賣鹽順仔相處日久，更加依賴他的照應。可惜，好景不常在，賣鹽順仔日後又離開，逕自回鄉了。

賣鹽順仔不見了，那批大尾的大漢又露出真面目，他們看準賣鹽順仔永遠不會回來，以往的蠻橫不講理又搬上街頭。百姓對賣鹽順仔的思念一天天加深，盼望他重返赤嵌。時日一久，大家的希望不復再次應驗了。

人們口耳相傳地說，賣鹽順仔是唐山來的，所以人又回去。他的真名實姓、籍貫、出身、家世沒人曉得，自己又不顧明說，大家只好改叫他是「賣鹽順仔」了。

（本文援引之資料：台灣奇人奇事）

《金門日報》副刊

魏大哥

在潭子鄉租屋近一年了，因為媽媽去世，最後我也離開。想起那裡的人和事，不只是感傷，也有引以為傲的一面。我永遠難忘魏大哥，他熱心協助媽媽的時刻。在潭子的回憶中，不少媽媽與他的生活片段，這些人生接近尾聲的情景，到如今依然令我低迴不已。

魏大哥和我碰面，是在我正要發動機車給媽媽添購食品的時候。舊公寓的大門口，他家在一樓的一側，另一邊是女裁縫店。他從屋內走出來，打算給幾個花盆澆水。下午的陽光頗為刺眼，我忙著趕赴黃昏市場。

我剛搬來，顧不得擠半隻眼，立刻向他致意。他見我的模樣古怪，邊笑邊問我，「才搬來哦，久了就會愛上陽光的。」聊了幾次，漸漸知道他家的故事。他姓魏，爸爸是榮民，自小沒了母親，由後娘拉拔長大。靠著當水電工，掙來樓下的屋子。

「媽媽，樓下有個魏大哥，他爸爸也是榮民，但是沒跟他一起住。」話還沒說完，媽媽問道：「他母親呢？」

「從小他死了母親，是後母帶大的。」這次媽媽語氣顯得有同情心，跟我說，「讓他有空來聊一聊。」第一次，魏大哥三個字，走入咱們家。以後再次被提起時，已不是先前的生活處境了。

媽媽領有殘障手冊多年，本身是肌肉萎縮症患者，常年身體不佳，身體是一日不如一日。隨時有個突發狀況，誰也說不準，就近照顧她的哥與我，保持住二十四小時待命，不敢稍有怠忽。

有幾次，因為尿尿而脾氣不好。原由出在成人紙尿褲，每天要耗掉六至八片，以家裡是中低收入戶的標準來看，真的是一筆不算小的開銷。眼見尿一次就一或兩片紙尿褲給扔下，勤儉的媽媽忍耐久了，也不免會生氣。氣自己老了，身體虛弱，連累家人。

「媽媽，別這樣。」我安慰她，人老了哪個身體健康，樓下魏大哥的爸爸得老人痴呆症，住在他弟弟家療養。他弟弟也失業，專門照料他父親。

魏大哥與我熟識以後，他家裡的情形也介紹我知道。直到我搬家，他爸爸未曾來過潭子。我問他，「多久回家探親老人一次？」一個月一次，他平時忙中科園區的工程，都是早出晚歸，趁月底回去看他的父親，以了孝心。

他爸爸已不記得兒子，利用休假照常返家，停留的時間不長，陪伴吃餐中飯而已。孝道兩個字，盡心罷了。不在形式，更不是時間的長短，帶著真心，探望老人，世上的感情便是以此為貴。

我常想，媽媽雖然骨瘦如柴，意識可還清醒，能知道孩子在身邊。無法再與父親相認的魏大哥，就算呼喚十次、百次爸爸，面對古稀之年的白髮，那份感懷，親生父親能得知嗎？第二次跟媽媽提及魏大哥，無論是媽媽或我，整個人已處於身心俱疲的階段。一來，媽媽剛從豐原醫院返回租屋處，離開救護車不到一天，被五花大綁的往返急診室，徒然使消瘦的身體增加顛簸的痛苦。媽媽表示，好像骨頭要拆散一樣。

再者，得知媽媽已是肝癌末期，心境步入隆冬，滿眼滿身都是瀰天大雪，找不到出口處。

那一天，我從媽媽身邊的摺疊椅起身，準備吃點東西。腳剛跨入廚房，臥室突然傳出一聲巨響。糟糕，我警覺到出事了。菜也丟一旁，三步併兩步地往臥室衝，果然如我預料的，大勢不妙。媽媽整個人滑下床，跌落床下。

我連忙抱住媽媽，媽媽安慰我，「沒事，我翻個身而已，怎麼會滑下床，我也不曉得。」媽媽睡的是單人床，對重病病患來說，確實小了點，如果換成是五尺床，翻身也不會落下來。看著媽媽的表情，我一時無言，要怪就怪我，沒讓媽睡安穩。我反而慚愧，怨自己太粗心。

哥哥也數落我的不是，我邊抱緊媽媽，邊喊「快找魏大哥來，哥你快去呀！」我的催促聲，逼使哥哥飛奔下樓。不到五分鐘，壯碩的魏大哥來了。他先叫「郭媽媽好。」，媽媽也回了句，「你好。」我跟媽媽說，他就是一樓的魏大哥。

魏大哥看媽媽坐在地上，叫我讓他接手，由我鋪好床。等他抱緊媽媽，我迅即重整床鋪，再由魏大哥抱媽媽安全地臥在床上。床沒有把手，是出事的主因，魏大哥明說，「給你媽媽換個新床，像嬰兒床，四周有架子挺立，睡起來比較安心。」他誠懇地建議以後，又叮嚀我要看好媽媽，等買了新床，他會再來幫忙的。望著魏大哥的背影，只有感恩的份。哥哥送他返家，我一直留在媽媽的身邊。累了的媽媽躺在床上，一動也不動，兩眼緊閉。瘦得只剩骨頭的媽媽，穿上衣服是空架子，睡在床上的她，也依然是空架子。

人生到了這步田地，媽媽心生難過，做她兒子的我，又何嘗會好受呢？這是人生的必然，誰能免於一死，若能平實傳家，死也不會不值得了。媽媽對死也是淡然處之，想起過世的爸爸，她只說「妳爸爸老老實實的，沒做過缺德事。」生死不談，但求心安。

隔天一早，我在潭子的傢俱街—環中路選了一家普通店，給媽媽置辦有架子的床。店裡送貨一走，時間近正午時分，哥哥又請魏大哥來了。魏大哥先是跟媽媽請安，然後抱著媽媽離床，讓媽媽坐在椅子上。我就整理舊床，安新床，偶而流汗的背黏著衣服，雙手施展不開。

人更急，手腳反倒失靈。窘態給魏大哥瞧見，「別急，細心把事情搞好，妳媽媽有我在，別擔心。」話是不錯，可媽媽體弱，我擔憂她會坐不住。不經意地，眼睛又轉向媽媽。汗水淌過眼圈，感覺眼睛酸澀的很，我用手背揉了揉眼睛，媽媽是坐著，兩眼顯得無神而落寞。

不忍和媽媽對望，我回頭繼續忙。越急越出岔口，蓆子鋪得不平，床墊不夠厚，枕頭太硬。魏大哥重新提醒我，我才手忙腳亂地拼湊，東挪西搬地初步完成鋪床作業。平時不是這般模樣，今天是怎麼了，六神無主似的。

媽媽彷彿累了，整個人斜靠在魏大哥的臂膀。等我檢查安全無虞，媽媽被抱回床上。床四周有架子，穩當得多，翻身沒問題。魏大哥再度測試床的堅固，他點了點頭，「這樣就沒問題了，以後要多費心哦。」向媽媽問好後，拒絕哥哥的紅包，魏大哥告辭離去。

行善又不接受饋贈，典型的大善人。他只是高職畢業，卻表現出謙謙君子的風範，在同輩中太難得了。我以有魏大哥這樣的鄰居為榮，媽媽且要我多跟他學習呢！助人為樂，他將快樂儲藏起來，這是他心中的本分，不求名與利，而善心漸漸發酵，雖不欲人知，人們卻早已廣為宣傳，好事傳千里。

2010.10.16

黃蝶翠谷

黃蝶飛出一個個故事
至少眼睛裡盡是綿綿不絕，我想
更像原始的角落在夏日燒起邂逅
此時我已在等待
一隻黃蝶便是山谷
如果沒有翩翩
翩翩在千樹萬林
當走過翠谷
我只是個木然的影子
提不起沉沈山色
把杯的是霧裡的雲

黃蝶卻又如許活潑
雖然幾次相聚
似乎突然抓住了過去的手臂
多少世紀在此匆匆流去
荒原、野煙和鹿群
沿暮色的朦朧成為記憶
甚至蕭蕭
有人說今夜，搖不醒身上的夢
而夏日沒有遺失
生命從飛翔中走過去
只要活過，今夜有黃蝶

※註：黃蝶翠谷位於屏東美濃，附近有朝元禪寺。

2012.01.19

《馬祖日報》副刊

熱騰騰的粽子

每次吃粽子總會想起爸爸，他的一言一笑，不知怎的，好像依附在粽葉裡，只要撥開粽葉，他整個人便會向我走來，擁抱我。

這個深刻的印象已是久遠，時光匆匆飛逝，我對粽子的感情卻沒有稍減。我想過，特殊的記憶一定有特殊的緣由。經過時間的濾汰，能夠留在內心深處的，必定是感人肺腑的故事。有關粽子的故事，含有爸爸的懸念和祝福，我不能忘記，那是因為粽子飄洋過海，載滿期盼。

在外島戍守的時節，收到家人的祝福是全連弟兄最高興的事。晚點名以後，收到禮物的弟兄人各一方，都陶醉在那千呼萬喚裡。我知道是爸爸寄來的粽子，特別開心。趕忙去小吃部存放，等候第二天的午餐可以大快朵頤。那天晚上，我做了一個溫馨的夢。我夢見爸爸提著一籃粽子，在風平浪靜的海上乘船前行，月色灑落他的臉上，而他的眼睛好比是美國作家海明威筆下的漁人山蒂艾哥，「眼睛和海一個顏色，很愉快」。

裝在籃內的粽子，受到籃子細心的呵護，一動也不動地睡著。爸爸緊緊地抱住籃子，不想粽子陡然滑溜出來。其他的乘客或坐或臥，神態悠閒；爸爸望著懷裡的粽子，對粽子的棉繩步步拉緊。面向浩瀚的大海，他的心願很單純，就是把粽子平安地送到我的手中。海面沒有魚群出沒，大約是船的駛行，驚擾了海原有的寧靜。等船遠離，只有粽葉的餘香迴盪於海面。魚也吃粽子嗎？我好想知道。

身旁的旅客漸漸入睡，爸爸卻沒有。他的視線始終望著遠方，外島上方的點點疏星正是他兒子的駐地。在那裡，有一大群人享受犧牲，犧牲享受。日子過得充實且自在，時時淬礪心志，扛下時代所交付的使命。有了這個兒子，他深深地引以為榮。爸爸輕輕地哼著歌曲，抱著籃子的雙手一刻也沒有放鬆。他任由海風吹拂，也讓粽子沉浸在海的雙臂中。

為了探視我，爸爸忙上好幾天。先是買粽葉與棉繩，再來又添置糯米、肉、蛋、豆乾、梅干菜、香菇和香辛料，以前常買粽子的他，這回一改原來的舊習慣，親手包起粽子，要給我全新的「爸爸的感覺」。爸爸跟家人說不要告訴我，給我驚喜。妹妹起初順他的意，後來心裡熬不住，非得跟我說這個好消息不可。她發了封信給我，信裡只有簡短的幾句話：「為了你，爸爸包粽子。」

爸爸用手握了握粽子，滿足地露齒而笑。他包的粽子式樣典雅，內裡又是自己和天地間的愛。粽子隨著爸爸上了船，展開海洋的航程。他帶粽子呼吸海的氣息，在溫暖、多濕的氣候下，與黑背蝶魚、條紋刺蝶魚、香魚一同前去外島。爸爸給粽子特殊的養份，那是包容和圓融，生命的寬廣與無限，也在粽葉的鋪設之間展開。海洋充塞無盡的資源，爸爸親手做的粽子也是如此。

天空漸露魚肚白的顏色，目的地隱隱然出現。爸爸起身，站在甲板上外望。不用多久，船就要靠岸，他也要隨船入港，送粽子給我。爸爸仍是用手抱緊籃子，他的希望全在粽子，細心維護粽子，好好地看待粽子，在海洋的孕育下，送給我最誠摯的祝福。這時候，有數隻海鷗飛近船身，從爸爸的頭上飛過，好似專程來迎接他們的。

我們父子倆終於見面，我是喜極而泣，緊緊抱住爸爸。他見我一身古銅色肌膚，孔武有力的樣子，高興得翹起大姆指。他把粽子給我，並且說是親手做的，聽完之後，我阻止自己說出妹妹來信的事。我不能說，以免美好的氣氛被弄砸了。爸爸的數粒粽子，頓時變成一片粽子。粽子一個個轉大，體型肥碩，結果讓我捲入其中，悠遊於粽子的世界。我不想從裡面走出來，睡個千載才夠幸福。

起床號陣陣傳來，把我的粽子夢也吹醒了。我一如往常，站在崗位上努力工作。那一天是特別的一天，我要感謝爸爸、妹妹和粽子，沒有這一切，又哪會有堅毅的我？午餐時分，我懷著感恩的心，走向小吃部，彷彿從陸地走進海洋，我一步步地接近乘船的爸爸。當我吃起熱騰騰的粽子，波浪不驚，只見海鷗三三兩兩，飛向無垠的大海。

直到今日，我的心裡還是盛滿爸爸給的粽子。這些粽子粒粒皆是熱騰騰的，睡在爸爸的懷中，跟著他千里迢迢地渡海來看我。

石頭牆

沒有想過消失，沒有想過未來。

你永遠屹立，有著自己的腳印。

牆外，是一片多變化的景色，轉眼成空。你知道，一抹微雲匆匆，讓你看到大自然的心情。

磚塊或水泥或鋼筋，你都用眼睛去欣賞它。如法國作家蒙田（Michel de Montaigne）所說的，只要你以新的心境去迎接，每天升起的是一輪新的太陽。

你願意接觸外面廣闊的世界，俗世對你也不陌生，彷彿你變成了詩，和一首悠揚的曲子。站在大地之上，心胸為之開展，眼光不再狹隘。

你這兒雖不是青翠幽幽，人們卻喜歡駐足不去。你很容易使人親近的樣子，往往令人感到鼓舞。你樂觀地頭頂著青天，將「美」代代相傳，驚嘆的氛圍已然抓住永恆的脈搏。

路上遇見關公

猛然見到關公，竟懷疑自己是不是活在現代。

此時，車聲自身邊飛馳，喧囂聲驚醒了二十一世的我。這樣也好，看看高樓大廈，看看美髯人物，就像欣賞風景，雖然帶著古典味，但反而有些不那麼陌生。

那座巨大的塑像這般宏偉，看上去，藍天變得好低。雲不知來與去，或許塑像的沉重，藏起雲朵輕盈的步子。

有人說，他死了，有人說，他的名字寫在人世。唉，麥城的告別是令人感慨，然後面孔會逐漸地淡漠下去，直到彼此不再熟悉，那時誰也難能回憶起來。

李白說，今月曾經照古人。塑像也是的，將關公的一生又重現。誰也無法見到桃園三結義的時光，關公義釋曹操的場景更不可得，人生果然很有限。其實，我沒有遇見我，也會一年老過一年的。

很想問問關公他老人家，一樣的陽光，為何人們時常懷念你？來自塵土，卻走入歷史。原來他播下理想的火種，在風雨淒楚的夜晚，點亮明燈指引頹喪的人們。

真高興街上多了這道風景，我永遠不想走完全程。「從斯堂廟英雄駐」，歌詠了關公義薄雲天的高尚情操。他不禁讓人重拾過去，一如燃燒熾烈的靈魂代表光芒，緊緊地拉著每個人的手。

原木的年輪——侯伯顯的人生旅程讀後感

侯伯顯是位老畫家，精彩而厚實的一生充滿戲劇性。回首來時路，往往在人生的低潮時，朋友的適時協助化解了危機，讓他一次次地度過難關。若說這是幸運，那也是他心存善念，得道多助。他從失敗中重新站起來，孕育新的生命，這便是生命的可貴。

他是鹿港人，整個人生大部份在台中市生活。早期他在第二市場賣羊肉，由於攤位只有他一個人，羊肉的批發、屠宰和銷售，完全由他處理，工作量雖大，收入也不少。為了選擇好羊仔，他走路到大肚山下新莊仔，路遠不說，人生地不熟的他，善良到把買羊的錢，交給當地的一名假借賣羊搞行騙的人。

說起善良，侯伯顯是不打折扣的。他被騙錢，心頭存著當地的歐巴桑所說「當作去互豬仔騙去，錢閣賺就有」的念頭，自認歹運。沒想到，冤家路窄，對方又在第二市場門口賣起肥皂。他明知是再次遭騙，卻心軟地任由對方自行離去。帶著劣質肥皂返家，寬恕對方，不念舊惡，正是他善良的本色。

好心有好報，就在夏季羊肉是淡季，侯伯顯出門賣油條的當兒，他遇到事業上的貴人—丸湖，黃再湖，丸湖是魚市的大盤商，有市政府核准的「承銷人」執照，可以直接跟魚市「喊魚」，轉手賣給零售商，中間有5%利潤，丸湖是他的商號。

他原本是去魚市走一走，跟認識的人打招呼，人手不夠主動湊一腳，跟大家套套交情。以前就認識的黃再湖看見他，閒來無事，立刻叫他拿兩簍「小管仔」去賣，錢等賺了再還。他聽從黃再湖的話，挑著魚貨去「輕便車站」（今中正路與中華路口）兜售。

出人意料的是，侯伯顯沒有花一塊錢，憑著熱心博感情，在鬧市的車仔頭，不用多少時間，兩簍小管很快地賣完了。客人紛紛誇他的生意好，願意常來捧場。經過海產的順利交易，他悟出海產的利潤高於羊肉，市場的遠景看俏。他開始上兩個班，早上賣羊肉，中午以後賣海產。

跨出第一步以後，他每天中午一賣完羊肉，習慣性地帶著賣海產的行頭：扁擔、秤仔、稻草和蓮蕉葉來到魚市，丸湖老闆給什麼他都賣，賣到嚇嚇叫。一回生，二回熟，栽培他的黃再湖滿面春風，對他誇口說：「鹿港ㄟ，我無看毋對，你真正是生理腳數。」

和媽媽商議的結果，羊肉交給母親操刀，門面照做；侯伯顯則到竹筒市場（位於成功路、中正路中間，中華路西邊）承租一個攤位，專門賣魚。上午的傳統市場一旦結束，黃昏時分，他便到市場門口擺攤設位。不同的消費群都是大門大戶的人家，採購量很龐大，喜得他眉飛色舞。

侯伯顯常說，人生是由許許多多的意外組成，有的意外卻是一生的關鍵。話是不錯，因為好心，他在橫逆時，遇見朋友伸出援手，給他兩簍小管販賣，間接促成他另開店面，專營海產，生意強強滾。人生十之八九不如意，捨棄欺人之心，有心向善，自然能夠知足感恩，迎向光明的人生。

接下來，做海產生意日漸有成的他，想要突破現狀，開展事業的新局面。隨著生意越做越大，他有了當「承銷人」的念頭。當時規定要有兩家「店保」，方才符合申請資格。來自鹿港的他，能力有限，端賴母親的多方奔走，終於找到兩位老客戶；一位是中正路的「金豆食品」，另一位是台中市老字號的「德昌五金」，兩家原本對作保有點怕怕，因為「保」證人毋是滾笑的涅，印仔若當（蓋）落去，以後我就愛看伊的頭面。」

侯伯顯對此並不氣餒，母親帶著他千拜託萬拜託，說盡了兒子的優點，兩家店舖不看僧面，也看佛面，望著年輕有為的他，只好說「我若閣毋答應，實在是袂得過。」有了兩家店保，他還是戰戰競競。老闆所說的「信用」二字，不啻是耳提面命，時時警惕在心，不敢忘卻失信會使兩個店家蒙羞。

兩位恩人的鼓勵和期許，為他的事業幫了大忙。他順利地通過申請，成為台中市魚市場的有史以來最年輕的「承銷人」。以後的一言一行，他總是圍繞著「信用」兩個字打轉，他深深明白，在商場上喪失信用，所有的一切將會化為烏有。他跟自己講好，無論如何都不能忘恩負義。

人生有很多階段，戲碼也各自不同。當侯伯顯結束29年的海產生意，他做起了原木進口貿易。他首先遇到公司現址壓在墳地上面的事，對方向他要「祖墳遷移」的「遷移金」，他冷靜地告訴對方，將來市地要重劃，土地要徵收，雙方和解較好。一場紛爭宣告落幕，他用自己秉持的理念－真心誠意感動對方，讓二、三十人之譜的談判代表接納的雅言。

晚年的侯伯顯以繪畫規劃生涯，用彩筆與顏色歌頌人生。在名作家賴彩美的執筆下，他的樸實厚看的形象在書中隨處可見；他的作品每一幅不脫「寫實派」的影子，顯見人格和作品合而為一，欣賞他的作品如見其人。一顆善良敦厚的心，正是他給予我們最珍貴的禮物，值得每個人細細品味。

和老友相遇

熟悉的眼神
越過時光的翅膀
飄然在街旁
喜悅滋生在市聲的喧囂之外
一點敬喜
已是胸脯高懸的一罈陳年老酒
白髮下的歲月蒸騰多少約會
辦公室經常預支睡眠
回家後的星子也陌生了
日曆愈撕愈薄
疲憊卻愈拉愈長

藏著衣袖不走
幾顆黃牙出走
清風明月插進土裡
湊過耳朵
握住往事
寧願是半醉半醒
任由老酒的芳香四溢
脾氣不再飆高
只是緊按寂寞的風濕痛
早年粗獷的笑浪
成朵朵晚霞散開
千山之外
一葉輕舟搖呀晃的

我這張臉

一日和煦
而我終不明白
雖然我以粗壯的胳臂
逐起每個晨昏
我做著深呼吸
啊！拘謹與衰老
有年輕人告訴我
他又聽到了一些蛙聲
我的晚餐十分簡單
光赤著腳板
特別是在悶熱

向頭頂和身上潑
離開孩童的年齡
是隨風飄來的
我注意到寺廟的鐘聲還在響著
一伸手便是影子
我想我必須幾聲嘓嘓
舉步不久
可是沒有默默的唱
摟住一種無聲無息
可能我也有不免高低
不免有像鄭板橋
在若干年之前
夏日可畏
於是一次長長的睡眠
織女星何在？

手裡拿著一柄掃帚
誰也說不出
倘佯在南方的鳳凰木下
隨之由冷暖
交談，我做了個手勢
有人在拉胡琴，有人在……

東引的霧

我已經入夢
不要去驚動它
妳知道嗎？
我渴望
水湄山巖
還掛著一個新的日子

開花的春天
整座島嶼屬於那窗子
我順手拾起
是純樸而自然

友情的美酒含蓄
為了晨光太寒

我喜歡每一個節奏
就憑了妳
深邃的眸子
由潔白發出一濃一淡
一閃一跳啊！
便想起搖曳

每多伸展
似傳來一片美麗
輕籠的是
也無風雨也無
蕭索斜照

卻不曾徘徊

乃在幽靜
尋詩的故事
流淌怕也呢喃
不像遠方的聲音
眨眨眼睛

搭公車記

司機的手
繫住霧峰的風景
古典的，匆匆的
把驚喜投入旅者的眼睛
一朵百合花握在少女的手上
連帶盈盈的淺笑
幾莖白髮，挺起
脊梁下堅實的線條
多人對影在
眾語縈迴的麗日
車上也載夏風

我也踏著自己的影子
如果說地圖能喚醒……
只有現在，只有
遐思在瞳仁間徘徊
便覺夢裡的帆聲敲上了車窗
遙想林家花園的半折芳馨
風華飄向深院的欄畔
蒼翠向左右迤邐
可愛的古老
老在霜濃以後
縱然身後的山影疊疊
因為聽到一聲燕鳴
亭台樓閣都淡了
休說紅塵
只見離愁在車裡車外

傳統的七月
近了

美的故事

天空飄下雨來，我撐起了傘。

烏雲愈聚愈多，街道上顯得灰沉沉的，多少次如身處茫茫大海。

好多色彩和聲音如一隻冬眠的蛹，沉睡在一抹墨色裡。

雨成絲狀，直射入我的內心，和我交換了生命的第一瞥。

我想這是雨的梨渦，一種輕巧的形態，對著訝異的我。

但誰知道，我像以往一樣欣喜，從天空的手裡接觸大自然的剪影。

在忙碌緊張的生活中，我可以經受美的感動，擊雨絲於眼底，邂逅的投影，真美。

我有著一份婉惜，祝福雨絲綿綿，也許在公園湖畔踏青，和尋幽訪勝的情侶為伴。

朋友，再見。

隔了一會兒，愛做夢的我醒了，不是我想得太多，此時雨停，一眨眼春的氣息還那麼稀薄。

教我什麼都不想做的，竟是寧靜。
尋回覆蓋著心靈的懷念，雨絲，帶來微風的絮語。
一個未釀成的夢，是嗎？
我多希望，能有雨絲與我為鄰。
而誰又能擁有呢？
永遠吻著它白玫瑰般的面頰，不離不棄，那該有多好。
大自然波動的旋律，或跳，或臥，綴成。
除了造物者，只有我擁抱雨絲，擁抱一身淒迷的朦朧。

不，不是。連美國作家梭羅（Henry David Thoreau）在（人生與自然）一書裡也說。如果我能高聲祈禱，我就要使自己成為一個像鳥樣快樂的祈禱者。我要高興地浸淫其中，我覺得有時我想要的報償，只是希望有幾個更為美好的時光。

飛鳳寺頂喜鵲來

剎那間，美麗的羽毛
在龍首後如一則傳奇
也許是多年的滄桑
行腳不過是夢迴
而落籍在日出的盼望
和日暮的懸念
廣澤尊王由遠走近
沒有不安和恐懼
牧童繫念港灣的一滴眼淚
昔日的熱情飄下
不怕冬天的冷寂

竟開始歡樂的守候
沉默中帶著祈福
哦！是香煙裊裊
這世界原本是塵寰
看吧！看吧
人必然 還是人
還是一點一豎長
天和海是同樣的顏色
因為嚮往　逐著海浪　憑欄縱目時
如紗幕輕輕攏上
又是留下燈火與星辰相對
這就是輕語細細軟軟
明天可能會棲息於蟲鳴風歌
忘了那個愛海的孩子
等到驚見白頭

生命？潮汐？晨昏？
喜鵲很想三問大海。

老梅公園海灘

沙子

海風，海風
多像柳絮啊
吹起了悵然和悲戚
驚見茫茫
空虛劃破晴空
而濤聲依舊

有些懷念
如果可以穿過圍籬
植被能不能夠
測知幾個留字

拍照的地方　明年
仍有美麗的背影

雲兒的投影
又跟著沙子奔跑
我的衣衫
沒有人跟我爭辯
只對海出神
還有淘氣的風

能覆蓋在美麗之下
被沙子叫響了回憶
像春去秋來
花都落了
童話的孩子

是含苞的年齡

盡量的開
燦爛的開吧！
對那大海凝望
仰首引頸
雜著海鷗聲
今晨卻見漸行漸近的青春

附註：新北市石門區老梅海灘，有美麗的風景線。

嘉義灣糕

繫住我的心
那此起彼落的聲音
扇形的芳香
第一次吃便愛上了
順口地
把嘉義平原戀戀不捨
鄉愁就像梅子
梅子就像溫情
忍不住低首
素樸給我

我望向遠方
淡淡的麥芽味猶溫
一幅感人的圖案
也像童年
青年或壯年
也許　我已睡在風中
風又不大
當我的雙唇濺起回憶
自甘清醇

不見山和水
而有幽香
在夢之上旋轉
是的　那青澀的月光
一個一個地送給朋友

口口生香
流瀉著餘韻
鄉關不再遙遠
我聽見懷念
總是一片翠綠與淺藍
送來遊蹤

冬夜

看著自己的影子
那是我送給相思樹的
踏著月色
月的回憶

是呀，如果我們的肩
還懸掛著星的光輝
或向湖邊
看著妳，想念
飄飄逸逸
風的吹拂

不知何處飄來的笛聲
請妳告訴我

忽明忽滅
星星誰也不能為妳
摘，一摘就碎
尤其是年華
不必留念
妳喜歡折柳為別
旋轉的CD唱出來
正可喻幽情
星光又還給了妳

竟覺得這次相聚
比夢還輕

隱在枝葉濃密處
一邊唱著
一邊飛遠
只要妳願意
眨一眨眼睛
碧於天的是
照耀夜色的一抹清光

《台灣月刊》

閃亮的璞玉——梁又仁

學歷只有國中畢業，在社會上做過黑手、推銷員、送報生……等頭路的梁又仁（本名為梁奕圳，是名畫家梁奕焚的弟弟），打入繪畫市場沒幾年，在「素人畫家」中繼洪通、吳李玉哥、林淵之後，另創一片新天地。

他的繪畫路程頗為崎嶇，在唸台中市大同國小時，受陳輝煌的影響，曾經製作兒童版畫。由於哥哥是梁奕焚，長期浸淫在繪畫氣息甚濃的氛圍裡，多少見識一些繪畫的常識及實務，儘管小學、國中鮮少拾起畫筆作畫，腦海中對繪畫仍是有些憧憬。

一直到在社會各行業中打滾多年以後，梁又仁又回到人生另一階段的起點——繪畫，像西洋畫家高更、梵谷的遭遇一般，他對現實生活亦採取迴避態度，不是對現實生活不滿意，而是選擇現實中自己認同的生活方式——繪畫。

早期的繪畫形式以版畫為主，梁又仁摭拾的題材小自一朵花，大到鄰居女孩，凡此皆是上好的素材。淡淡幾筆，加上髮夾、梳子等工具，一幅幅富於裝飾趣味的簡單版畫於焉出籠。

隔一陣子，他覺得繪畫形式應該不拘一格，於是又走上油畫這條路。在摸索初期，他接觸各式美術書籍、文字及哲學圖書，另外，他悉心鑽研密宗佛理，冀望從涉獵的文化營養品中，吸取養分，以便在畫油畫時能展現其中。

繪畫理論從早期現代畫大師李仲生入手，之後兼及西洋表現主義、達達主義，此時，他較欣賞畢卡索、米羅的作品。

也許和佛有緣吧，攻讀繪畫理論的當兒，他絲毫未曾放棄每日研習密宗的佛理。他認為根據龍樹菩薩的中觀論看畫，會產生下列四種不同的看法。一真即真。二真即假。三真亦可，假亦可。四既非真，亦非假。僅管是同樣東西，在不同的眾生相，會產生相異的鑑定力，此乃自然現象。因此，他也以此心得創作平生第一幅油畫——金剛手菩薩畫像。

經過多年潛修繪畫知識，梁又仁於三年前正式開始創作。他感覺人活在世上，應該給文明留下心血，因為藝術的真諦是引導文明，提供文明人真實的精神享受。因此，在選擇題材時，他選擇的對象是女人、花朵、馬、花瓶及猴……等，這些對象世人皆知，又有親和力，不但對人類現實生活頗有貢獻，而且能引領人們進入豐富的精神領域。

在試過水墨、水彩、版畫、膠彩、蠟染及油畫諸種繪畫形式之餘，梁又仁最終以油畫家筆。論原因並無其他，而是油畫的表現方式及使用工具，最令他心儀。幾盒顏料，幾樣簡單的繪畫工具，如此即可繪出一幅又一幅動人的畫作。

他表示繪畫形式容或不同，畫家卻可以藉著獨特的內涵以表現一己與眾不同的特色。唯有將內在潛力高度發揮，一幅畫才有生命可言，沒有高超的藝術見解，如何能算得上是有內涵方畫作呢？

在這個圈子待久了，梁又仁又有另一番感慨。他說：「畫家的進程是這樣子的：先是被人當「瘋子」看，後來又被人比為「畫匠」，接下來被喻做「畫家」，最後才是「畫皮」（人跟地皮一般，有增值力）。」

他指著自己的鼻子道：「我算是「畫家」，他日或許有成為「畫皮」的機會吧！」姑且把這話視為笑話，因為梁又仁打從以前到現在，他對繪畫的執著從作品可完全看出來，對作品輪廓精確的勾劃，對畫面肌理的掌握，在在反映他是一位認真、純真、率真的畫家。他的作品不屬於任何門派，然而氣派、亮麗兼具，彷彿是刺繡，又彷彿是西洋的鑲嵌畫，總之，這一切也只能說明這就是梁又仁。

有人說，梁又仁是素人畫家，筆者想冒昧進一言，何妨許之為「三真畫家」——認真、純真、率真呢！

台灣月刊 121 期
82 年 1 月號

《大墩文化》月刊

穿木屐的聯想

陳若曦在短篇小說「最後夜戲」中曾經寫過：歌仔戲是一年不如一年了，臺上臺下，大家都知道。她對歌仔戲的感觸，不禁勾起了我的木屐記憶。已經是中年人的我，層層堆起的童年經驗，其中尤以歌仔戲和木屐印象較為深刻。隨著物換星移，看歌仔戲的人少了，穿木屐的人也不多見。

環境的變遷，的確讓陳若曦說中了。穿木屐特有的厚實感，已被輕便拖鞋給取代了。我在水源街、太平路留下的木屐痕跡，也因為歲月的流失而漸漸地消失了。只要張開兩眼，沉重的大履則是「另作它用」。從實際的角度來看，木屐的「卡拉、卡拉」聲，予人一種悠閒的感覺，若非時代飛速的發展，腳登木屐的那份雅興可是人人不願意輕易割捨的。屬於悠閒的年代，令人相當懷念，而木屐的存在更是風味獨具。木屐既改變了生活，也主導了悠閒的步調。

就在水源街，小小年紀穿上了木屐。那個時代是六〇年代，我的小個子不到爸爸身子的一半高，走在巷弄裡，爸爸腳下的木屐聲，卡拉得沉篤篤的，不像我的那般「船過水無痕」。爸爸的嗓門大，一經開口往往「聲聞十里」，有時和鄰居小孩玩得正起勁，忽然身際傳來爸爸的催促的聲音，剎那間我們一哄而散，沒等他的出現，已經各找地洞去鑽了。

木屐對幼小的我而言，門面是做到了，可是，跑起來的確比大象林旺還要慢得多。每次幾個小朋友賽跑，穿木屐的我總是第一名，倒數的。我也想爭勝，無奈長輩不准，怕我的小腳磨破皮。眼看著四周小朋友光腳丫，手提木屐閒逛，我內心十分羨慕。羨慕歸羨慕，一顆心也因著不能手提木屐閒逛而沉甸下來。這種想法一直到多年以後，我在「笠」詩雙月刊中讀到呂艷菱寫的詩〈我的腳丫子〉，其中有：「我的腳丫子很白／因為它從來沒有脫離皮鞋的「保護」／有天，／我英雄式的把它從鞋子裡「救」了出來／像個地瓜般地「種」進泥土裡……／可是我望著指甲縫裡的泥巴／我知道／我的腳丫子在土裡生了根了。」我對木屐的思念，才又重新湧向心頭。

在水源街，我是個木屐小孩，除了睏眠以外，我是木屐不離腳的。家搬進太平路以後，除了木屐，皮鞋也走入了我的生活。此時，我唸小學了。和呂艷菱一樣，終於可以「腳踏實地」。木屐由先的寸步不離身，而變成為家用，只要出門，木屐便會靜靜的在床邊「歇腳」，不會隨我又蹦又跳的。我的心思開始轉向注意媽，她在家做飯，穿木屐忙裡忙外，卡拉聲整天不停，我則是放學返家，立刻脫下鞋襪，讓腳丫子在地上涼快好一陣子，充分享受這塊土壤的接合，然後才緩緩的把腳套入木屐，跟在媽媽身旁打轉。皮鞋拉近了我和小學的距離，木屐反而維繫了爸、媽和我的親情。

我和木屐的因緣前前後後持續了好些年，這段少不更事的日子，也是我一生中甜蜜且舒服的日子。爸、媽穿木屐為生計奔波，我卻是木屐、光腳丫兩頭忙，到頭來真正是應了俗語所說的「賣茶講茶芳，賣花講花紅」。

92.12.30

中華路上的舊書店

學者黃健二在「台灣：與醜陋賽跑」一文裡，曾說「台灣傳統都市風貌的特徵，是沿街的騎樓建築形態以及住商之混合使用。」位於中華路的舊書店就是處在如此的傳統都市風貌中，默然的散發有點古早味的訊息。

上門的顧客都是關心人生，希望從舊書內獲得學問和智慧。舊書店在功能上與新書店沒有兩樣，不同的是舊書店陳列了屬於過去的、歷史的種種，只要兩腳踏入，區隔於外在環境的氣氛立刻一擁而進。任何人都曉得讀書的目的不外乎增加知識、豐富心靈，因此，舊書也就有了它跨越新和舊的意義，有些舊書是10年前出版的，也有的是20或30年前出版的，只要深入其中細細品味，暫時忘卻現實中的自己，很快便能融合書中的社會而打成一片。

不斷新生的知識，也在不斷的老化。只要人活著，保存知識的舊書均能永遠的留傳下來，僅管作者過世，他（或她）的思想依然會遺愛人間，繼續一代接一代的傳承下去。不可諱言地，一般的舊書多少會有是知識抑或「普通商品」的混淆出現，所以到舊書店的顧客也就分為兩種：一是為娛樂而讀舊書，另一類則是為知識而讀舊書。文人雅士和舊書店結不解之緣，恰正是為知識而讀舊書的好例子，如：日本詩人中野重治即是在唸東京大學期間到夜攤子買書，散文家思果更是寫信給倫敦的朋友，請他向牛津最出名的舊書店布辣委爾（Blackwell）購買舊書。

位於中華路上的舊書店只有兩家，相較於台北市的牯嶺街和台南市的北門路，在聲勢方面顯得弱些。舊書店的稀少，換來其他屬於娛樂的氛圍愈益明顯。每當華燈初上之際，人們的步履紛紛走向街道另一端的中華路夜市，這兒反倒是人跡杳然，令人油生一般人對吃喝的吸引力始終是蓋過求知慾的念頭。如果舊書店能多有幾家，讓人心萌「入寶山不會空手而回」的意識，則舉筷之手當有變成閱書的手了。

舊書店老闆也是文化推手，他予人一種「書香的感受」，不同於所謂的「銅臭味」，書的香氣可是有目共睹的。書之所以香並非指松煙油墨味，也不是蘭薰桂馥，而是一種游走於古人所寫的「瑯嬛福地」的味道。說是四壁寒窗也罷，說是囊螢代光也行，擺放在舊書店裡的書都是能給人驚喜，就像日本哲學家戶坂潤所說的「在舊書店」常有意外的發現。翻譯家陳蒼多讀大學期間，便在舊書攤搜購不少過期雜誌。多年以前，女作家張秀亞的姐姐也在天津的舊書舖買來幾十本紙色變黃的「北新」雜誌。

舊書店的陳設通常算得是雅麗淨俗，沒有新書店的寬敞和商業化。新書店的特色以大空間號召顧客，而舊書店卻是用「羊腸小道」來抓住客人。來到中華路的舊書店，一種探險家的心立刻湧現，彷彿電影「法櫃奇兵」一樣，每個人就要投入尋寶的行列中了，身處其間，頓覺舊意綿綿，眼前景物真是「非舊莫屬」。從雜誌、圖書到唱片、海報，均是以「舊」為賣點。你好似步入另一個國度或世界，每種舊物引領你面向它，去接觸從來陌生的人、事、物，只有懂得「味道」的人方能體會什麼是「面目的可愛」和「語言的有味」。基本上，具有對舊物的素養，而非針對舊物的刻意強求，是比較能充分掌握屬於舊的文明的特色。這正如忠於懷舊的人，對舊物的良窳並不十分計較，他只想以閒適的態度涵泳其中，忘懷現實的一切。

中華路的舊書店以「舊」見長，在現代的長廊裡保留了過往的種種。店裡的舊物曾幾何時都是他人的最愛，可如今一一成了店裡的充棟汗牛。來此的顧客有的滿意，有的意興闌珊，且不管客人的興緻為何，成就舊書店的書源或物源的幕後英雄卻是不能時刻或忘的，沒有他（或她）們的「捨」，又何來芸芸顧客的「執」呢？也是逛舊書攤成長的作家徐訏，自藏書、蒐書到賣書的演變，領悟到人生無常。不過，他可是大加讚賞「捨」的行事。他說，「捨」是一種英雄的行為，對於我們這種凡人是不容易的。

徐訏完全說對了，一割一捨是英雄的行為。有了列位英雄的支持，中華路的舊書店也就有所「執」了。

94.4.15

高臥大肚山的隱士——郭朝漢

大肚山位於台中，是一片遼闊的丘陵地。放眼望去，處處可見甘蔗、地瓜田。河溪與丘陵間，密佈相思樹林和成排的刺竹林。當地的土壤屬於紅礫土，遇水即溶。如今，這裡有工業區和台中世貿中心，民生相當充裕。

幾十年前，正確地說，是民國五十年左右，就在大肚山東大溪南側山坡名為「虎寮埔」的地方，住了一位識字的農民（那時該地農民無人識字），他的名字叫郭朝漢。郭朝漢由台中市區跑到這兒落腳，一生沒結過婚，「虎寮埔」的居所是幢茅舍。他名下擁有二甲多的甘蔗田，附近的農民一有問題，從日常瑣事到農作栽培……等，無不向他請益。他是該地農民眼中的良師益友，也是農民心中的精神支柱。

郭朝漢的父親在日據時代曾經擔任糖業公司的高級主管，他本人唸日據時代的台中一中時，因運動傷及脊椎骨，中學畢業後，到日本、中國大陸遊學，他也是日據時代的文化協會的一員。據說，郭朝漢在中國大陸遊學時間，得異人傳授命理精華，台灣光復以後，他返回故鄉，開設命相館，並以鐵口直斷，蜚聲中部地區。

上門向郭朝漢問卜、求算前程的人日漸增加，苦於舊疾的他窮於應付，攢了一些錢，到「虎寮埔」購地定居。

他是村子裡唯一受過高等教育的人，平時閱讀日文版的「讀者文滴」。村中人哪家弄璋弄瓦的或婚喪喜慶，往往會找上他，他不但是有求必應，甚至分文不取，他的善行義舉，博得村人一致好評。

知名人士慕名遠道而來的，亦大有人在。像當時的省主席陳大慶和台中市長張啟仲均放下身段，親聆郭朝漢的指點。郭朝漢也不是每位仕紳都接見，有的人坐轎車來到東海大學與山村交界處，徒步走田埂小路上他家，他明知道卻硬是不見。他曾有過躲開名流，跑到附近山上空腹一天的紀錄。村人對他的「有所為，有所不為」，頻頻表示由衷的敬佩。

早年的運動傷害，使郭朝漢行動不便，他不下田工作，僱請工人種蔗、施肥、除草、採收時，本人會親臨田裡巡視。農閒時分，他則與村人泡茶、聊天，或是讀冊。

在民國五十五年前後，農民用碗吃飯、喝水，郭朝漢是村中首位擁有小茶壺、小茶杯的人。當時農民對茶具很好奇，見他飲茶總是一口 OK，不禁納悶在心，曾經有農民向他發問：用碗喝茶已嫌不夠，用小茶杯飲茶要飲到何時？

郭朝漢對農業有深入研究，農業推廣人員如欲促銷新品種，一定先找他，之後再藉重他介紹給農民。

在「虎寮埔」與「龜山」（指南邊溪南側，因其山形神似爬山的龜而得名）一帶的農村變遷，郭朝漢扮演十足輕重的角色。農政、水利單位要推動新的方案，通常都找他參詳，只要他首肯，農民大多會照他的規劃去做。經他指點過的農民，農田收益也大大地成長，部分村民索性跟他學樣，他在田裡種植什麼自己就照做不誤。

郭朝漢對農村的貢獻，除了農業推廣、農地改良之外，水利措施的便利也是一大功勞。以前，農田多，水源不足，必須靠輪灌改善土質。輪灌是分區域實施的，如「虎寮埔」輪灌完才輪到「龜山」，日期排定好，再細分每一農戶灌溉時數，蔡家分配的時間到了，才給鄰田的王家用，依此輪流下去。一旦分配灌溉的日期到了，常要動員村裡的人到沿途每一座水門看守，以防止被人盜水。

他擔任水利小組長，只要他排妥輪灌表，一般人不敢持異議。其他地區不時有灌溉糾紛傳出，唯獨在「虎寮埔」一帶這種事是未曾耳聞。即便偶或發生，由他出面立刻獲得解決。

改善村人的教育水準是郭朝漢的又一德澤，原先的「虎寮埔」、「龜山」一帶兒童無一人小學畢業，自他進村後，淵博的學識引起村人敬重，久而久之，「學歷無用論」的觀念逐漸改變。他了解每一家庭的景況，經濟能力差的，他代墊學費；碰到品學兼優的好孩子，他更是主動掏腰包做為獎學金。看在孩子的父母眼中，沒有人不欣慰有加的。

郭朝漢的日常生活簡單樸素，當地沒電之前，他用小火爐煮飯，民國五十七年通電之後，他買了小電鍋。他自己做飯菜吃，不接受酬酢。一盤青菜、一個蛋，外加一個罐頭，便是一餐了。

他的老家在台中市南區中興大學附近，平時住著老母和弟弟。他很有孝心，每隔數天自會返家探視老母，隨後再到市區看一看老友，晚上再搭公路局末班車返回住處。每次返回山上，總是少不了書報、乾及日用品伴身。

四十歲左右，郭朝漢上山結茅而居；民國六十年的夏天，時年五十二，他突然因病過世。全村民眾得知此消息，咸表哀悼。

他留下的田地由開計程車的弟弟接手，種植的農作物還是甘蔗和地瓜。他的舊居在民國六十七年七月，因土地徵收而遭拆毀。事後，據他弟弟回憶，有不少命相學的珍本及郭朝漢研究命理的手記本，研究農業的筆記本全部散佚。

郭朝漢對「虎寮埔」的投入可以用「有心打石石成穿」俗諺概括，今天想起往事，懷念的心情更是倍勝於前。

92.1.18

本文取材自：張國輝寫的【消失的青埔】

〈難忘的回憶〉讀後感

老一輩台中人的生活點滴，透過照片，留給子孫不少的寶貴見證。以文字敘述個人一生的作品，筆下的時空觸及三個環境－清領、日治、政府遷台，真實性且不亞於攝影機所拍出的照片，此類鄉土佳作坊間可是有的，林阿丙在八十高齡推出的〈難忘的回憶〉一書就是其中之一。

林阿丙在自序中謙稱：「唯愧未能顯揚祖德，以慰先人。」其實，他太謙虛了。畢業於日本東洋大學的他，返鄉後在台中市的「台灣新民報社」擔任社會部的記者，幾番磨練又轉為編輯，光復以還，先是掛台北市當東方出版社的編輯主任，接著於民國三十六年一月身膺省立台中圖書館的閱覽部主任。稍後，任職於台灣人壽保險公司台中分公司經理，民國四十九年九月轉到彰化商業銀行工作，退休前是該銀行人事室主任。綜觀他的閱歷，純屬典型的領薪水人，和廣大的台中市民一樣，均是敬業樂群的生活在這片土地上面。他默默的奉獻所學，父兼母職的撫養子女成人，這種表現已足可告慰先人，實在無須自責了。

〈難忘的回憶〉一書是由一篇一篇文章組成，分為上、中、下三個段落，中段談及他在日本東洋大學攻讀哲、文學，對中國、日本文學的獨特看法，而上、下兩段則是童年、中年和老年的回顧，其中泰半與台中市相關，讀來尤其興趣濃郁，倍絕親切。

林阿丙是北屯人，家庭是大家庭，父親早逝，母親纏足，考上台北第三女高無法就讀的妻子、抽鴉片的四叔、健談的六叔、當醫生的堂弟、成員的秉賦不一，後來的造化也就大不一樣了。由於林阿丙兩歲時父親過世，他只好根據母親、嬸母的描述，從二叔的身上去找尋父親的影子。他母親瘦身纏足，辛苦撫育下一代成人。他的髮妻有婦德、擅女工，為他生下一男八女，可惜中年病故。他的四叔是個命薄之人，吸鴉片而身敗，他為了紀實就照樣給他四叔畫個樣，純真的勇氣令人佩服。他的六叔是領養長大的，曾經做過四張犁區區長，家中的食客拿了六塊龍銀算林阿丙的「流年」，結果妻子因病辭世沒能算出來，氣得他撒破命狀。他堂弟「阿容」追國校時代的女同學，開風氣之先，為情走天涯。

林阿丙的家位於頭家厝與四張犁之間，人稱「凹窩仔底」，地處偏遠，人跡少至。在林阿丙的眼裡，這兒「只有兩家草厝，極目四望盡是水田，插秧後，白鷺點點，或在阡陌，或在田中，或在水牛背上覓食，構成一幅美麗的圖畫。」老屋用「土角」蓋的，外面的牆壁上黏著薄薄的一層磚，自外觀看真像是磚造的，其實只是以磚包的土角厝罷了。老屋歷經昭和十年（民國二十四年）的中部大地震，迄今已有一百年以上的歷史。就在此地，出過一位區長、六位男教師，還有一位女教師及醫師。當然，吞雲吐霧的四叔也是林家人，真是俗諺說的「一樣米，飼百樣人。」瑕不掩瑜，林家到底也算是書香之家。

小學時的林阿丙被校長選為演講者（代表台中州的有四位），向昭和天皇的叔祖「閑院宮殿下」作國語演講，地點選在台中「行啟紀念館」。那次演講，他得到珍貴的紀念品－硯盒（盒中有個墨硯）。唸了師範後，每天下午三點半至五點止，可以自由外出。那時候，成堆學生都去新公園邊的「水勝」店、「阿土」店，吃冰和麵。禮拜六夜晚外出返校時，均會順手買回一些香蕉或土豆（花生米），夜裡就私自躲在寢室吃，不敢吭聲。師範畢業，又在國校教了三年義務教育，隨後經由台中州知事的介紹，遠赴東瀛，進入東洋大學文科就讀。

學成回鄉，林阿丙進入台中市「台灣新民報（簡稱民報）社」，先以跑外勤開始，在總社一年多以後，奉調為基隆第一任支局長，期間因挖警察署提供的新聞深入，受到同行「南報」支局長土居的稱許。接著又回任編輯，編台中州以南的朝刊（第一版）。一九四一年，第二次世界大戰爆發，臺灣總督府將日刊六社併為一社，林阿丙轉任總社編輯部次長。大戰末期，羅東製紙工廠遭美軍炸毀，紙張生產銳減，出版的報紙僅是一大張的四分之一。無報可編，終於回故里照顧兒女，結束十餘年的新聞生活。

光復以後，先輩林呈綠時任臺北東方出版社社長，由於彼此曾是新民報的同仁，他遂聘請林阿丙在社內做編輯主任，後因理念和台北市長有所出入，不得不婉拒社長的慰留，回到台中。民國三十六年一月，林阿丙入省立台中圖書館，擔任閱覽部主任，不久因為宿疾復發自動請辭，上班時間總計未滿一年。離職以後，又在立法委員羅萬俥的邀約下出任臺灣人壽保險公司臺中分公司的經理；到了民國四十九年九月，復承羅萬俥的舉荐轉任彰化商業銀行任秘書副主任兼文書科長，任內先開辦「國文進修班」兩年，使同事紮好國文根基，以利業務的擴展；後來擔任人事室主任，首創行員實務訓練，上自襄理，下迄練習生，訓練了兩年，效果卓著。

自職場榮退以後，林阿丙還是會抽空回銀行醫務室量血壓。有一回，遇著曾經參加「國文進修班」的同事，他笑著對林阿丙說：「老師啊！以前讀過的國文，都還給老師去了！只有一件還牢記著，這是老師您講的：「開嘴已，半嘴已，台嘴己。」聽完這些話，林阿丙笑嘻嘻的，感覺好自在。這就是林阿丙的一生，一個平凡、務實又奉獻所長於桑梓的北屯鄉親。他在本書自序中說：「我幸運，得天獨厚，順境多於逆境，一輩子堪稱一帆風順，無論在求學，或在做事，未嘗遭遇阻力，挫折而退，且有優異的表現。」句句實話，由此可見林阿丙為人不「膨風」的本性。

也在老年寫過「八十自敘」的幽默大師林語堂，曾經在〈林語堂自傳〉的弁言中說：「作自傳者不必一定是夜郎自大的自我主義者，也不一定是自尊過甚的，寫自傳的意義只是作者為對于自己的誠實計而已。」林阿丙正是秉筆直書，一五一十的寫下身邊的人、事、物。他以乖巧的幽默之筆，娓娓道來，常常給人如沐春風的感受，彷彿有位和藹的長者，坐在身邊述說往事，這般的親切自然。

92.12.21

日本作家新垣宏一的華麗島歲月——一個文學青年眼中的台灣

二零零二年六月三十日，日本作家新垣宏一去世了。這位生於台灣、長於台灣的鄉土作家，在人生的菁華歲月，以台灣為故鄉而發表的作品忠實的紀錄了他的原鄉心。他從小就塗鴉，唸台北帝大文科以後，創辦〈台大文學〉雜誌；學成之餘，在台南第二高等女學校任職。此時，他因為發表台灣風土研究的作品而受到倚重，也曾南下幫助台中的張星健的〈台灣藝術〉雜誌開拓業務（據譯者張良澤表示，台中的張星健也創辦了〈台灣文藝〉）。太平洋戰爭一爆發，在台北第一高女當國女教師的新垣宏一被派往基隆造船廠體驗生活，他的報導小說（以該廠勞動的少年隊生活為素材）遭到當時的高雄海軍基地的施設課長中曾根康弘大尉（即日後的日本政壇重量級大老）的批評。沒有想到一九八三年，因對日本的優越貢獻而榮獲日本天皇頒授四等瑞寶章，彼時的首相竟然是以前在台灣謀過一面的中曾根大尉。人生聚散，靠的是個「緣」字，半點不由人。

一九四五年八月戰爭結果，除了留用的日僑之外，所有的日本人都被遣送歸國，新垣宏一直到三十六年五月始同其他的日僑分從基隆港、高雄港返鄉。這一去到二零零二年辭世，他還是走老本行－教育。回顧新垣宏一的一生，他的文學創作大抵以台灣經驗為主，台灣的一草一木讓他有「台灣之子」的榮耀感，也令他改變日本人第二代的意識，從而自稱是「台灣人」了。

在新垣宏一擔任老師以前，他的學生生涯和文學結了不解之緣。這段期間，他是用「支那」觀點來看台灣的，他的心裡所有的「台灣人」的形象是：港灣的卸貨工人、街上的清道夫、拉人力車的車夫和擁有台灣製糖會社農場的陳中和、高雄中學向老師詢問「台灣議會設置」及「台灣文化協會」的許同學、台北高等學校的文科生黃得時、台北高校的秀才寄宿生（如王江村、梁柄元、林維吾、黃彰輝）…等。一九三七年蘆溝橋事變發生，許多年輕的台灣人被視做「榮譽軍夫」而參與對華戰，新垣宏一正好是老師，於是領著學生到車站給台灣人送行。興奮心情，永藏內人。那一刻，他首次忘卻「支那」觀點，而是將台灣人和日本人一體看待。

新垣宏一對台灣人觀點的轉變，完全是受到時局的影響。換句話說，他從台灣人的英勇行徑，找到了台灣人認同這塊土地的事實。在此之前，台灣人爭取自治不為當局所喜，新垣宏一保持沉默，只是認為「跟學科無關」，採取了與台灣人保持距離的態度。這一回，台灣人奮勇出征才使他的想法為之一變。為了保台，台灣人也持槍上戰場，不惜犧牲個人的性命。台灣人的無私奉獻扭轉了新垣宏一的見解，也提升了台灣人在他心目中的地位。自此以後，他「有所覺醒」，不再閉門造車，而是深入台灣民間去尋找「真正的台灣」。

台灣，台灣，少年的新垣宏一見到的是貿易商港城市高雄（舊名「打狗」）。他就讀於湊小學校（後來更名為高雄第一小學校），這條湊町街大有來頭，裡面住著五位日本人，他們分別主宰了當地的海運業、貿易、港口貨運、倉庫業、築港工程。湊町東邊的一角即是高雄山的山麓，他時常腰佩木劍，在這裡玩騎馬打仗的遊戲。而山腰的路邊有家東齒科醫院，其附近的森林裡有鹿及穿山甲，他和小朋友常上此處秘密探險。當時日本人住在高雄港對岸，房屋是純日本式的街樓，該地區設有旅館、料理店、和服店、食品雜貨店、木屐店、玩具店、五金行、書店、醫院等，屬於多數官員（警察、海關稅吏、教師）和少數漁民的日本人的生活環境。因為周遭全是日本人，平時不易見到台灣人，偶爾碰到的台灣人不是港灣的卸貨工人，便是街上的清道夫、拉人力車的車夫。新垣宏一在自傳〈華麗島歲月〉（張良澤編譯）中，談到此處時表示「從未跟他們的仔玩過，偶爾跑到旗後或鹽埕町，跟仔們交談幾句台灣單詞而已。」由此可見，那時的他並不了解台灣人，他缺乏和台灣人深入溝通和交流的機會。

等到新垣宏一進入高雄中學以後，第一次「遇到鄭、許、陳、黃、李等優秀的本島人學生」，才知道公學校（指台灣子弟就讀的小學校）「絕不比小學校（日本人子弟就讀的小學校）差，甚至孕育許多傑出的人材。」台灣人的優越性終於讓他見識到了，他對台灣人的印象也逐漸好轉。

學生時代浸淫於文學天地的新垣宏一是位浪漫主義者，學貫日西。唸台北帝大文科時，從早稻田大學法國文學科畢業的西川滿也到台北來，在【台灣日日新報】的學藝部任職，同時開始從事台灣文壇的獨創性活動。西川滿自費出版的詩集【媽祖祭】首度發表台灣風土情調的詩，該詩集獨特的內容深深震憾了新垣宏一，讓迷戀創作的他意識到「無徹底的自覺」，和西川滿皆是在台灣生長的人，西川滿詩裡所使用的台灣語文之豐富美麗，令他覺得自己的詩「是何等的無力」。有了這番體認，他開始重新自我認識。擔任台南第二高女教師以後，以轉型做「台灣人」而自我期許。

從此以後，新垣宏一開始研究台南的歷史實態。在他實地研究之下，發現古都台南日本人和台灣人生活在一起，這一點與高雄大不相同。經他尋訪街頭巷尾，證實民眾「過著日日歡欣的生活」。台灣人的生活水準也能和日本人一般，完全靠本身打拚而來，其中沒有任何僥倖。日本人相當重視實力，台灣人在台南的表現適足以說明「愛拚才會贏」。

新垣宏一晚年常向女兒講些陳年往事，在台北出生的女兒聽得彷彿置身於童話世界之中，因為她當時還小，父親的青、壯年所發生的一切格外有吸引力。如「佐久間町」、「入船町」、台北的動物園、植物園等，都有她的影子。看著自己坐在嬰兒車內、由祖母帶去動物園散步的照片，使她頓生鄉愁，特別喜愛台灣、台北這些地方。

一九八九年六月，台灣時代的學生們招待新垣宏一返台旅遊一周，他全程參與，完成了鄉愁之旅。對出生於台灣、長成於台灣的第二代日本作家新垣宏一而言，他早已在心裡視己如「台灣人」，欲將延平郡王鄭成功、北白川宮以來的新華麗島文學傳統，以鄉土文學之筆永續流傳下去。

92.12.21

走遍千山萬水：最後終老台中的　賈士毅

民國五十四年，年近八旬的賈士毅走了。這位二十世紀中期的財政史學者、財政專家，雖然來不及看到蔣經國總統開放大陸探親，也未及見到政黨輪替，但是，他是卓越貢獻卻造福後代，利在千秋，逢甲學院（即是現在的逢甲大學）的成立正是他愛鄉愛土的好例子。

賈士毅是江蘇宜蘭人，也是四大族群中的外省人之一，他在隨政府來台以前，萍蹤各地，從不同的所在汲取寶貴的經驗，這對日後他兼善天下、劃策籌謀大有助益。歷經時代的周折，他的人生閱曆寶富了。在大陸期間，他於光緒二十一年首度從私塾的彭老師人那裡，得知甲午海戰清廷失利，台灣被割讓給日本；他和同學們對此又驚心又憤慨，人人無不悲憤填胸。當時的街坊鄰里紛傳台灣要成本民主國了，推舉唐景崧做大總統，丘逢甲當副總統，民意堅持搞「民族自決」。第一次耳聞台灣竟是不幸的事，這完全是清廷積弱不振使然，對一個幼承庭訓、匡日時濟世的學子而言，沖擊不可謂不大。後來，變法維新遇到重挫，六君子菜市口蒙難，舉世震驚，他從此立下宏願，計利當計天下利。

為了救亡圖存，賈士毅於廢除科舉之後，到上海進入法政講習所。畢業之餘，前往日本神樂坂法政大學政治科就讀，在那兒他見到同盟會的刊物「民報」；與此同時，吳稚暉主持「新世紀」，梁啟超則是出版「國風報」。一九一〇年，他轉入明治大學攻讀政治本科；隔年學成返鄉，省視老母。賈士毅的立身行世深受她的母親所影響，日後的建樹皆是發揚母德始成的。

憑著賈士毅留日的財經專長，他的第一份工作是到上海法政專校當財經講師，另外，每半個月替時報館總主筆雷繼興寫一篇有關財政主題的社論。民國成立，他走入財經界，在熊秉三、周學熙底下服務過。民國四年（一九一五年），賈士毅在財政部擔任參事，有感於財政史料付之闕如，遂從事編寫工作。民國五年，本於「略于往昔，詳于近今」的原則，歷經三次改稿，以「制度為經，因革為緯」做依據，終於完成「民國財政史」一律。梁啟超為該書寫序說：「今得賈君是篇而讀之，……，豈僅國政隱受其益，抑社會實利賴焉。」由此可見，這本書的重要性。

軍閥執政時間，賈士毅奔波公門，仍在財經界參與政事。官場的混亂、翻雲復覆雨令他萌生倦勤的意思，民國九年轉任鎮江關的監督兼交涉員。被人嘲做「耐守冷官」的他不改舊志，繼續振興商務，並且從英國人手中收回江灘的主權。民國十年，賈士毅以財政部門的一員參加中國代表團，前往美國出席華盛頓會議。民國十六年，國民革命軍克服南京，國民政府定都南京，賈士毅被宣佈為江蘇省政府委員。這時候，內外債價格的變動往往牽動上海金融，他又一次搜集資料，完成「國債與金融」一書，替當時的銀行界和金融市場解決了不少困難。

國府建都南京以來，賈士毅重回杏壇，在中央大學和中央政治大學兼授「賦稅制度的概況」……等課程。商務印書館鑑於財政思潮日新月異，又找上他希望能續寫「民國續財政史」。賈士毅一直以為「我們既享受社會的福利，也就是應該把個人所深知的，儘量地貢獻給社會。」，於是他著手蒐集從北京政府時代財政狀況的沿革，到國民政府財政的現況。由於戰事影響，該書上冊五十部的紙版曾遭炮火毀壞，幸賴所存餘搞配以已經印成的上冊、民國十九和二十年的財政狀況，全書才又付梓。

民國三十四年，台灣重回國人的懷抱，嚴家淦是台灣省行政長官公署的財政處長，由他負責日人財物移交。當時的臺灣銀行亦是經賈士毅（那時在浙江實業銀行組織辦公室）報請財政部指定了接收機關，再監視他們接管。

民國三十七年四月，公事告一段落，賈士毅偕同夫人到台灣一遊，完成了環島旅行。從一八九五年到一九四八年整整五十三個年頭，賈士毅終於踏上了台灣這塊土地。他和台灣的緣份由悲轉喜，是喜劇收場的。

民國三十八年底，他又重履斯土。這一次，遊覽花蓮港，坐牛車進入城裡，在市區的各個角落均能遙望太平洋的疊浪起伏，使他心曠神怡。回程走蘇花公路，乘汽車到蘇澳。沿途景色西邊是白浪沖天，東邊則是峭壁聳目，風光真是雄碩無比。

民國四十年，大陸變色，賈士毅從香港來到台灣，自此留在台中直到暮年。初抵台中，他落腳於民權路保安巷。民國三十七年，賈士毅夫妻遊覽台中，曾經參觀過製煙廠、製糖廠，也和友人去公園的濱水亭（東大墩舊址）上品茗，登上東阜訪古蹟。民國初年，梁啟超來過台中，眼見劉銘傳建設的「東大墩」已是荒煙蔓草，不禁以詩感慨，詩中寫道：「蕩蕩台中府，當年第一州，桑麻隨處有，城郭入天浮，江晚魚龍寂，霜飛草木秋，斜陽殘埋在，莫上大墩頭。」如果梁啟超有幸看到今日的台中，民生樂利，物岳民康，詩的內容可要改寫了。

賈士毅在大陸時期財經著作很多，住在台中以後，應出版界的要求編成了「民國財政經濟問題今昔觀」一書，書的內容事關民國以來的經濟問題，熔理論和實際於一爐，對未來的財經發展大有俾益。

民國四十七年，丘念台、楊亮功、蕭一山等計劃在大坑區內，籌設逢甲學院，賈士毅被邀請充作董事。民國五十年奉准成立，為此他寫下「逢甲學院董事集會追念倉海先生」一詩，詩中「……且台民誓死，決不從異類。……自立以自救。民主而民治。……」等句，不但歌頌了勇敢的台灣人，也向丘逢甲致敬。

回顧賈士毅的一生，真正是「奔馳若流水」(引用賈士毅的「七九抒懷」詩)，他平生足跡滿天下，卻是處處熱心助人，為民生社稷著想。尤其對財經界影響深遠，造就不少金融專家。他追隨政府有年，早年拒絕和江精衛合作，晚年留在台中，提攜後進，高風亮節，讓人佩服。臺灣諺語說：「天公疼憨人。」不求聞達的賈士毅一輩子著述興學，啟迪民智，他安份、守己的無私奉獻，如「憨人」一樣的。晚年兒孫繞膝，子女有成，不正是天公對他最佳的回報嗎？

92.12.30

我對臺灣歇後語的看法（一）

古早人運用詞語創造並累積了豐富的生活語言，這些語言一旦化為有形的文字，其中的多元性及趣味性往往帶給人們生活的趣味。繁複而多彩的各種語句，內容不一，有的詼諧、有的嘲諷，讀在嘴裡，無不輕鬆討巧，廣受大家歡迎。

此類語言，被稱之為「歇後語」。據「台灣歇後語－「滾笑」一下」一文表示，歇後語是以文法上「歇後法」構成的語句，把真正要講的話藏起來不說，讓人從前一句的相關意義或相近語法去推測。以此來唸「阿嬤生查某子」，得到的卻是「生姑（雞婆）」的意思。而「拿筷子吃飯」經此一讀，竟然也變成「膾炙人口」的涵意。

台語的「歇後語」，有人叫做「孽畜仔話」，「孽話」就是指戲謔、不正經的話；亦有人稱為「激骨話」，因為「激骨」具有標新立異或擺架子的意思，意謂故意講拐彎抹角的話。（參考「台灣歇後語－「滾笑」一下」一文好比說「青盲娶某」，有「暗爽」之意，而「六月芥菜」也成了「假有心」的意思。

一句歇後語便有如此多的妙義，自然能夠受到大量的應用。厚道者取出無傷大雅的話，輕描淡寫；尖酸刻薄的就會挑一些「保護三藏去取經」（著猴）的話，暗損他人。運用的合適與否，完全看人的想法。

「歇後語」的屬性因為它本竹具有的特性，諸如：幽默、控苦……等，和普通的話語相比，別有一種趣味。流通的詞句或長或短，經過「歇後法」的潤飾，短短的幾個字，彷彿獲得新生一般，予人有「隱龜娶大肚」（都都好）的感覺。

一向在民間口耳相傳的「歇後語」取材十分普及，舉凡米粉、龍眼殼、麻油、中藥「十全」、蝦子、湯圓、包子、肉湯、鴨蛋、豬頭、橘子等飲食類的題材，都被加以引用；如十角、兩角、五分、二十兩等買賣的錢，也能受到重用；其他如底片、烏炭、鐵管、屋頂、賣碗盤的車、茶壺、西裝、掃帚柄、稻田、罟寮、漁網、褲袋、賣鴨蛋的擔子、廁所、葫蘆等生活中隨處可見的田地、物品，無不盡入「歇後語」裡；有意思的是，阿婆、阿媽、老人、女孩、孩子等家庭成員，一樣能編進「歇後語」之中；還有如阿拉伯數字一二三四五六七八九十，照樣被現用；其他像是子孫袋（男性的生殖器）也全走到「歇後語」裏面，令男子聽後「為之一震」，也讓女性聞後「面皮紅紅」。從編著者曹銘宗的選材看來，天上飛的，地下跑的，幾乎無所不包。他的精挑細選，可見一斑。

語言可以表達心聲，說明個人的見解和看法，「歇後語」亦然，平常的話加以應用，立即顯示出意義完全不同。譬如說，「看人食包仔」一句話，一個人看到另一個人在吃包子，表面來看，只有「看」與「吃」兩種動作，彼此毫不相關的肢體語言怎會有意義？然而，聰敏的古早人卻從這個簡單的動作，找到不尋常的意義。眼見別人有包子可吃，自己只能在一旁傻眼乾看，除了「喝燒」之外，還能如何？「喝」的台語唸法是ㄏㄨㄚˋ，亦即高聲喝叫。別人有得吃，自己在旁邊喊熱，過過乾癮。如此的畫面顯示人沒有出息，不知長進。另外，「老人食麻油」一句話，也是別具意義。「雞酒」（麻油雞）通常是婦人生產後做月子吃的，麻油屬於「熱」的補品，如果老人也吃，那就稱為「老熱」。「老熱」乍聽之餘，好像是「鬧熱」，意謂「鬧熱滾滾」。老人也學產婦吃補品，不是增加熱絡氣氛是什麼？類似的例子不勝枚舉，令人激賞古早人的智慧。

從另一個角度來看，「歇後語」也是時代的縮影。在本書收錄的五十句有特色的台灣歇後語中，不難發現古早生活隱在其中。比方說，「乞食背葫蘆」一句話，說的是乞丐有人背負葫蘆，雖然形似八仙裡的李鐵拐，卻不是正牌的李鐵拐，而是「假仙」。早期的乞丐有人背負葫蘆，如今已然無此光景了。又如「賣鴨卵的車倒擔」一句話，講的是以前的人賣鴨蛋把擔子打翻了，結果只見一堆破了的蛋，此情此景，不看開一點怎麼辦？這是以往才有的情形，現今要買鴨蛋直接上商店即可。另外如「牽豬哥」一句話，說的是早先的人牽公豬去配種一事，如此做順便可以「趁暢」（亦即「賺爽」）。這是農業社會常見的事，在工商業發展的今天已不復得見了。這些例子皆可說明「歇後語」其來有自，任何一句話都有前人耕耘的足跡。

創作「歇後語」的年代逐漸遠去，過往的一切也已成為記憶裏的部分。在使用這些語言的同時，除了緬懷古早人的機智外，他們「一步一腳印」的精神更要發揚下去。

92.12.30

鳳梨酥

握在手中的鳳梨酥是綿軟
牙齒輕盈的跳躍
帶出香甜可口的泥土味
其中有鋤頭
和汗滴的養分

黏稠的餡在嘴角
浮漾不同的風情
這是咖啡、牛排與壽司
所有的味道
也比不上的唇邊意

輕巧兼薄脆
涼涼的沁入美麗的晴空
彷彿天頂的一朵白雲溜呀溜的
躲貓貓

你我的心且再咀嚼
將一片片的回憶
就從喉頭滑下
緊緊抓住只有大墩始能散發的古早情
此刻　圍繞你我的
可是唇間
揮不去的笑意

92.12.30

里長伯的頭髮

頭髮長在里長伯風霜的額上
匆匆，電話鈴響，把碗筷擱在飯桌上的他
騎著舊機車奔赴幾條街外的民宅
「里長伯，有個小孩……」，老阿媽的眼神
直指冒煙的老厝

鼎沸的人聲　救火的迅速
里長伯的手勢
好一個安全的目標
「平安了，平安了」
交頭接耳的欣慰

吹拂被水落灑的地面
揚起的髮絲零亂
只因為選票之外的疼惜

那間老厝的門牌號碼
依舊寫著他熟悉的
春天
一如冬天不曾來臨
小孩的歡顏永遠存在

里長伯的頭髮輕飄飄的
年富加上齒壯
不再想念飯粒的餘溫
街頭的人散了
頭髮的熱度卻又升溫

一年四季
里長伯的頭髮總是這款樣

92.12.30

國家圖書館出版品預行編目資料

芸芸眾生／郭軍林著. —初版.—臺中市：白象文化，2020.12
面； 公分
ISBN 978-986-5559-39-7（平裝）

863.4 109017782

芸芸眾生

作　　者　郭軍林
校　　對　郭軍林
專案主編　吳適意
出版編印　吳適意、林榮威、林孟侃、陳逸儒、黃麗穎
設計創意　張禮南、何佳諠
經銷推廣　李莉吟、莊博亞、劉育姍、王堉瑞
經紀企劃　張輝潭、洪怡欣、徐錦淳、黃姿虹
營運管理　林金郎、曾千熏
發 行 人　張輝潭
出版發行　白象文化事業有限公司
412台中市大里區科技路1號8樓之2（台中軟體園區）
出版專線：（04）2496-5995　傳真：（04）2496-9901
401台中市東區和平街228巷44號（經銷部）
購書專線：（04）2220-8589　傳真：（04）2220-8505
印　　刷　普羅文化股份有限公司
初版一刷　2020 年 12 月
定　　價　230 元

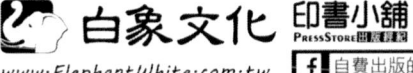